JN098011

伊勢物語 在原業平 恋と誠

高樹のぶ子

日経プレミアシリーズ

目次

人物相関図

（　）は重載
数字は天皇の代数
（検証が不可能な流説を含む）

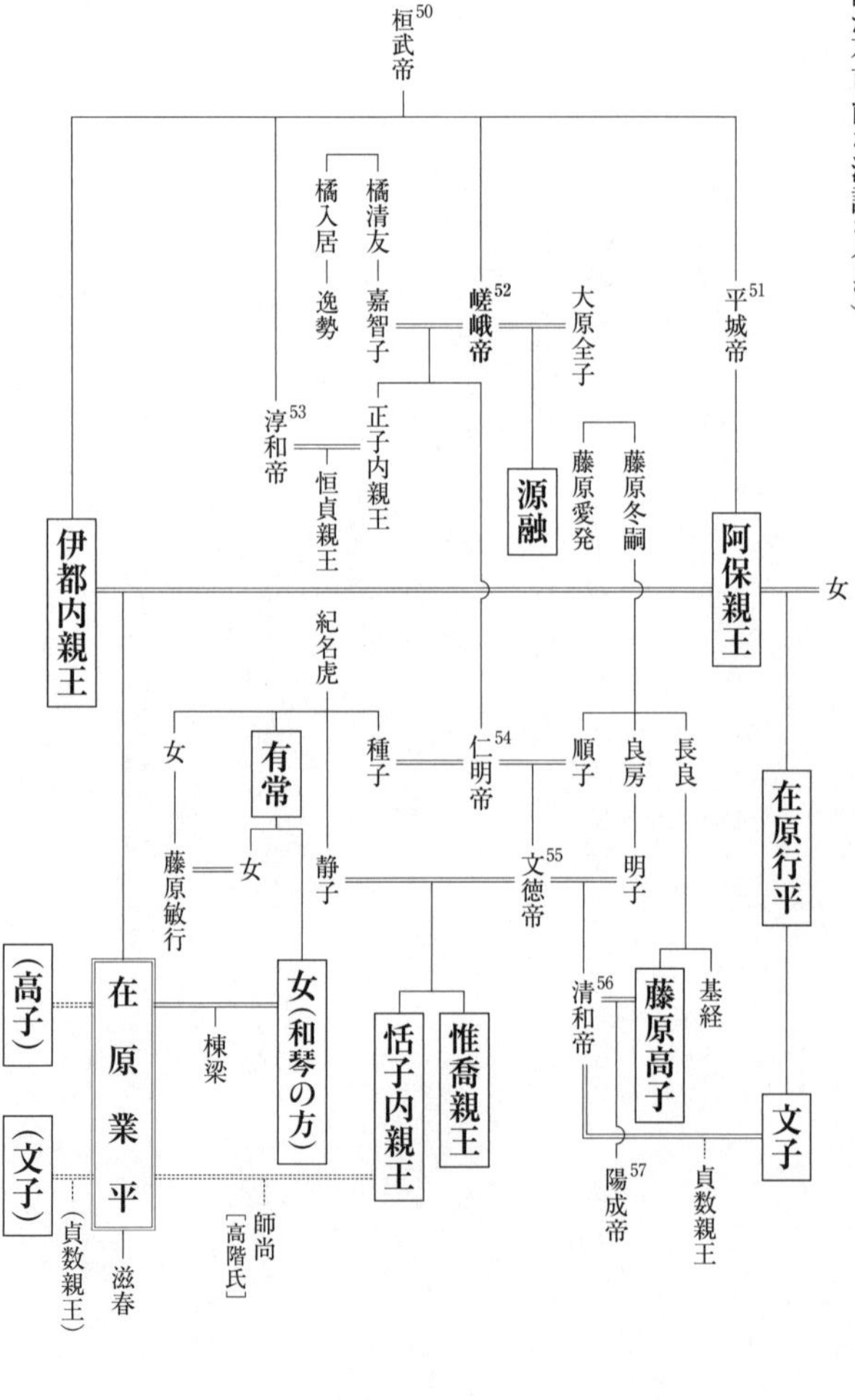

はじめに

中学高校時代に、誰もがその名前を聞いて知っている「伊勢物語」ですが、読み通した人は意外と少ないのではないでしょうか。こんなに情感豊かで面白い物語なのに残念なことです。

主人公と言われている在原業平《ありわらのなりひら》という男も、一般的に言われてきたように、平安のプレイボーイ、恋のハンターだったのでしょうか。

彼が残した歌から伝わる深い真情からは、どうしてもそうは思えません。業平は千年以上もの長いあいだ、間違ったイメージで語られてきたのではないかと思います。

業平の一代記『小説伊勢物語 業平』を書き進むにつれ、その思いはいよいよ強くなり、やがて確信にまでなってきました。

月やあらぬ春や昔の春ならぬ
　わが身ひとつはもとの身にして

恋しい人が消えてしまった春の宵、梅の香りだけがあの人を思い出させてしまいます。ああ、この月はいつぞやの月とは違うのか、この春は去年の春ではないのか。我が身は元のまま何も変わってはいないのに。

一瞬の切ない情を、歌の技巧など気にせず、真っ直ぐに吐露する業平が、ハンターとして女性を狩り歩くとはどうしても思えません。心の総エネルギーには、定量というものがあるのではないでしょうか。

歌を繰り返し味わうたび、業平には女性に寄り添い、女性の身になって受けとめる感性が備わっていることが解ってきました。いえ、業平の中には女性が存在していたと言ってもいい。

唐木順三は、このように言っています。

「業平の心に戀わびはあつても、好色のすきはない。すきものであつたことを否定はしないが、このすきは西鶴の好色物の人物とはまるで違ふ。ここには一種のきよらかなあはれがある」（出典：『無用者の系譜』唐木順三著　筑摩叢書23）

無常について考えた唐木順三らしい卓見です。彼の言う「きよらかなあはれ」こそ、平安の雅《みやび》の本質であり、現代にも通じる「誠《まこと》」の姿なのです。

あらためて書くまでもないことですが「伊勢物語」には、業平と思われる男の「カケラ」や「小骨」が歌として散らばっているにすぎません。時間軸を通すのも難しく、特定出来ない人物や出来事がバラバラに書き留められています。「古今和歌集」や私家集に残された業平の歌のみ、確かな「小骨」と言えるのです。

史料や学者の研究書の中にも散らばっている業平の小骨を加え、骨格を作り、肉をつけ、平安の水に浮かべて泳がせたのが『小説伊勢物語　業平』です。

小説中の業平は、実在した在原業平のＤＮＡを持つ魚ではありますが、一代記としての流れを作るために、作者なりの創意工夫を加えており、登場させた人物も、実在がはっきりした男女ばかりではありません。業平との人間関係も、史実として証明されているものではありません。

けれどそこには、業平への思いが生みだす、私なりの必然性や確信があります。私が造形した人物たちではありますが、一人一人について、存在のかたちを語るだけの、普遍的な真実もあるのです。

この新書を読んで頂くことで、『小説伊勢物語　業平』の理解を深め、人間関係の細部に託した作者の思いに触れて頂きたい。小説に書ききれなかった心の綾《あや》や心理の裏側にも言及していますので、在原業平の人間的な厚みを感じとって欲しい。さらには完読を拒否し続ける「伊勢物語」への道案内の役目も果たしてくれるのではないかと、期待しています。

当時の恋愛作法は、現代に生きる私たちにも新たな刺激となるでしょうし、業平の「雅な風」に触れることで、この生きづらい、ぎすぎすした世に、一瞬の安らぎが満ちることを祈っています。

平安時代の業平を理解するために

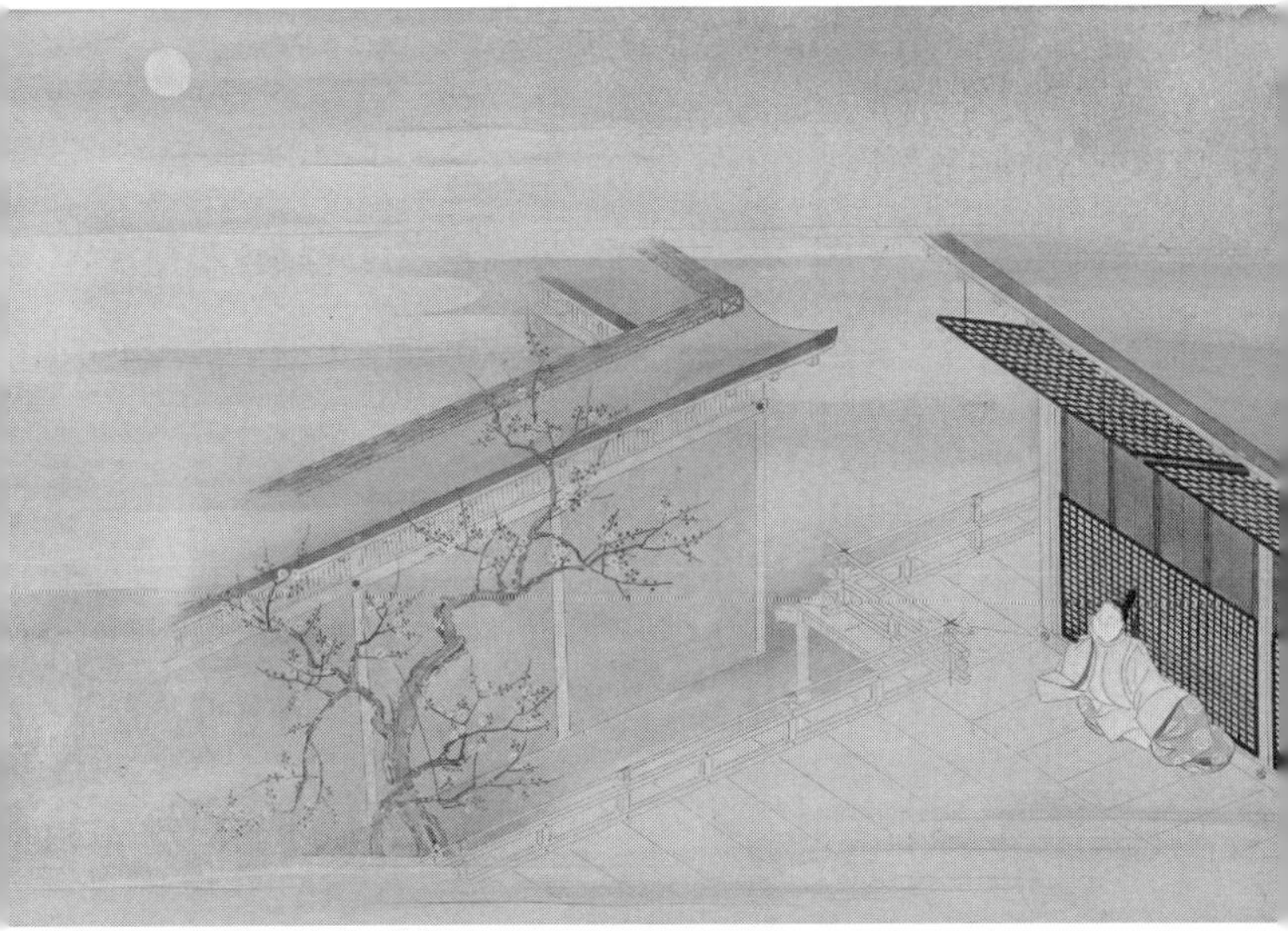

住吉如慶「伊勢物語絵巻」(部分、「四段」) 東京国立博物館蔵
Image：TNM Image Archives

業平に分け入る

業平のさまざまな交友関係を通じて、彼がなぜあれほどまで女人の心を摑み、友人たちに親しまれ頼られ、ひとつ間違えれば当時の宮廷社会から弾き出され、不遇の中に死んでいっても不思議ではないはずなのに、歌人として日本の文芸史に名を残し、彼自身にとっても穏やかに満足して命を終えることができたかを、解きほぐしていくことができれば、現代に生きる人にも、何かの参考になるかもしれませんね。

業平という人物の本質は、箇条書きにして示すことができない襞《ひだ》の裡《うち》にあります。それぞれ縁《えにし》のあった女人や宮人たちとの関わりの中に現れてはいるのですが、それも一様ではなく、さらにその真髄は、歌の中に隠されてあるとも言えます。人と人との関わり方は、まことに多様で、相手が違えばすべて異なってくるもの。

とはいえ、生涯を通して眺めてみれば、業平らしい、優れた歌を詠んだ情感の人ならではの人間模様が、見えてくるのも確かです。

最初からその魅力に惹かれて、私は業平の人生に付き合い、いまもまだ付き合い続けているると判るのですが、あらためてここで、その魅力を対人関係のそれぞれにおいて具体的に見ていきたい、確かめてみたいと思います。

それこそが、人間業平を摑まえる唯一の、具体的な方法であり、近道でもあると考えるからです。

さてもさても、業平とはどんな人間だったのか。女たちとの関係で、どのように成長したのか。女たちを成長させることが出来たのか。女たちは、なぜ業平を赦《ゆる》し受け入れたのか。

現代の私たちと共通するものはあるのか。

業平の感性に分け入ることで、千百年昔の都の景色や人間関係が、より明確に見えてくるのではないかと思います。

作者としてもう一度、あの小説『業平』のページの行間を旅して、現代人として平安時代の暗がりまで首を突っ込んでみたい、在原業平の「誠」の匂いに触れてみようと思います。

むかし男の正体

「伊勢物語」は平安時代初期に成立した歌物語です。歌物語とは、歌それぞれの前後に、その歌が詠まれた状況を短く説明する詞書《ことばがき》が記されていますが、あくまで主役は歌なのです。

成立ははっきりしません。もともと在ったものにさまざま手が加えられ、歌も他所《よそ》から持ち込まれたりして出来上がったのが「伊勢物語」です。

百二十五章段からなる現行の「伊勢物語」は、十三世紀に藤原定家《ふじわらのていか》が書き写しまとめたもの。

「むかし男《おとこ》在りけり」と書き出される章段が多いことから、この男は在原業平だと考えられていますが、確証はないのです。

ただ、「伊勢物語」の主人公が業平であるとすることで、「伊勢物語」がより面白く魅力的に今日まで生きのびてきたのは確かでしょう。主人公の魅力こそ、物語が生き続ける力になるのですから。

女にモテて歌が上手。日本人は男女の話が好きで、とりわけ禁断の恋などには目がないのですから、業平の存在自体が、いかにも日本人好みと言えます。やはり「むかし男」は在原業平、ということにしておきましょう。

『小説伊勢物語 業平』も、この色男の十五歳から亡くなる五十六歳までを、一代記として書きました。

ひと言で言えば在原業平、「思うに任《まか》せぬことの多かった生涯」を、「思うに任せぬことをも愉しみながら」生き抜いた人と申せます。

時代や環境が変わっても、人間が生きている限り、思うに任せぬことは降りかかってきます。業平の場合、それはまず出自でした。出自は逃れられないものです。

業平の父は平城《へいぜい》天皇の第一皇太子の阿保《あぼ》親王で、母は桓武天皇の皇女の伊都《いず》内親王。父方を辿れば、業平は桓武天皇の曾孫になり、母方を辿っても桓武天皇の孫となります。

つまり、都を京都に移した偉大なる桓武天皇の直系、という高貴な血筋が、業平なのです。

ところが歴史の教科書にも書かれている有名な「薬子《くすこ》の変」により、皇統が嵯峨天皇の血筋へと移っていったのです。薬子の変とは、平城上皇と愛人薬子が起こした、都を京より奈良へ戻そうとした政変ですが、息子の阿保親王はそのあおりを受けて、九州は大宰府へと流される。悲運。

その阿保親王が、赦されて都へ戻り、伊都内親王と結婚して産まれたのが業平でした。

このような時代の、抗いがたい風の中で、阿保親王の上表により臣籍に降下して、兄の行《ゆき》平《ひら》ともども業平は在原姓を名乗ることになります。

臣籍降下とは、天皇になる可能性を捨て、天皇となる競争から下りる、ということです。血筋としては高貴であっても、天皇の地位は諦めたという意思表示。

阿保親王のこの判断は、その時点で業平の生涯を決定します。業平にはどうにもならないことでした。

むろん受け入れるしかありませんが、やがて天皇の直系男子ではない外戚、つまり女が産んだ皇子の祖父として、権力を伸ばしていく藤原氏への複雑な思いは、直系血筋の自尊心があるだけに、屈折したものになっていったでしょう。

この複雑な思いもまた、業平の歌にあらわれています。

咲く花の下に隠るる人を多み
　在りしにまさる藤の陰かも

咲く花（藤）の陰に隠れて居る人が多いので、昔よりさらに花の陰は大きいってことですね。

藤原に身をすり寄せる人が多いのを、嫌み混じりに詠っています。

とりわけ同胞であるはずの兄行平の、いかにも上手な世渡りに、そっぽを向いた歌。この屈折した感情が、男としての業平に、危険な火をつけた。それが何かは、ここでは書きませんが。

真の雅は、血筋によって継承されるもの。

そう思ったかどうかは判りませんが、権力から外された宮廷人としては、さらに雅を極める方向へと身を傾けていったのも、自然なことに思えます。

雅《みやび》とは何か

さて、先ほどからの懸案である「雅」とは何でしょう。その本質に「きよらかなあはれ」があると書きましたが、具体的にはなかなか見えてきません。

これは「伊勢物語」にとっても在原業平にとっても、いえ平安時代全般にとっても、キーワードとなる言葉です。

それだけにさまざまな解釈や概念が浮かび上がってきます。

少なくとも、きらびやかで優雅、という狭い概念だけでは足りません。

業平の生き方、人間性、対人関係を見るとき、ようやく「雅とは何か」が見えてきます。

相手をとことん追い詰めない、早々に決着をつけない、短絡的に勝者と敗者を分けてしまわない。

そのような一見曖昧にも見える振るまい、考え方、余裕のある性格を、私は「雅」と考えます。そこには、相手を思いやる「哀れ心」がある。上から下を見るときの「哀れみ」ではなく、相手も自分も、やがて消えていく身だという諦念が潜んでいるのです。

相手と自分の主張の違いを、どちらが正しいかとギシギシすり合わせ、せめぎ合うのではなく、余裕を置いておく。わからないものを、わからないまま残しておく。

一方が正しければ、もう一方は間違っているとするのではなく、もしかしたら両方正しくていずれもが間違っているかもしれない。

このような考え方は、現代においてはなかなか難しく、近代的な合理主義、科学的な視線で見れば、好い加減で怠慢、事なかれ主義に見えてしまいます。

けれど平安の世では、それが可能でした。なぜかと言えば、人間が知り得ないことがたくさんあったからです。

怨霊、生き霊、呪詛《じゅそ》、穢《けが》れなど、目に見えない恐怖がたくさんあり、夜の闇でさえ濃く深く、人間にとっては魑魅《ちみ》魍魎《もうりょう》が蠢《うごめ》く世界でした。

この世は人知の及ばないものだらけで、わからないものはとりあえず怖い。

恐怖は謙虚さを生み、人をとことん追い詰めないでおくことが、自分も追い詰められないことに繋がる。それが処世であり、保身でもありました。

嵯峨天皇の世に、政治犯の死刑が廃止されました。その良き制度は三百年も続いたようです。死刑にするかわりに、島流しにします。また帰ってくるかもしれない余地を残しておきます。実際、多くの官人が流され、そして都に戻ってきました。菅原道真のように、戻ってこられなくて、流された地で死んでしまうと、その怨みや祟りが怖い。だから天満宮を建てて、怨霊を鎮めたのです。

この曖昧で割り切れない、わからないものへの謙虚さが、男女のあいだに「雅」を生みだしたとも言えます。

そうです、男女のあいだこそ、正邪も白黒もなく、これほど曖昧で割り切れないものはありません。当人にとっても、よく判らないのが恋心というもの。

いまは結婚すればそれが正しい男女で、結婚していながら浮気などすれば、悪者として異常な叩かれ方をします。その判断の裏には、正邪の判断が動いているのです。こっちは正しく、あっちは間違っているのだと。

この正邪の感覚ほど、「雅」と遠いものはありません。

男女のあいだは謎だらけ。勝敗もないし、あってもすぐにひっくり返ります。男女の心はわからないもの。わからないことだらけ。それが余韻になったり、麗しくも切ない誤解を生んだり、ますます惹かれていく吸引力になったりするわけです。

平安時代の男女は、文や歌を贈り合います。

届いているとわかっていても、いつ返事がくるかは読めません。そこには空白で不安な時間があります。

相手はどんな風に受けとめたか。いま何をしているのか。どんな思いを巡らせているのか。

あれこれと想像します。

けれど同時に、自分のことも考えます。あの歌は本心から出たものだったか。軽はずみな言葉だったかもしれない。自分は何を期待し、何を望んでいるのか。もっと歌を上手に作らなくては。

会えなくて苦しかったり辛かったり、悶々としますが、案外自分の好い加減さが見えてきたり、軽々しい心が自覚されてきたりもするでしょう。

この空白の時間は、思いを深めるにも、諦めるにも、自らを掘り下げるにも、なかなか良いものなのです。歌上手の業平にも、こうした時間があったはずです。

業平のさまざまな恋と人間関係を、これから見ていきますが、すべからく、強引にこうしよう、力ずくでも何とかしよう、そういう腕力を振るうことはありません。退くときは退き、距離を取るときは取る。そしてよく泣きます。涙で袖を濡らします。

何か行動を起こすにも、その動機はひたすらな真心と情動にあります。

業平の言動は、雅そのものなのです。

身を護《まも》るもの

平安時代には歌を詠み、文を書き、香を焚き、衣裳の色をかさね、邸宅を作り、凝った風情の庭を造ります。

すべて季節を意識し、季節の移ろいがもたらす風情を日常に取り込みます。季節を意識することは教養であり、季節を感得できる感性こそ、尊ばれ信頼されたのです。

自分の身に困難が起きたときに、助けとなるのは、これらの美意識と教養、それを表現する能力でした。

後の武士の時代には、武力が身を助けますが、平安では、歌を詠む力や古《いにしえ》の歌を知って使える教養も、その人を護ることに繋がりました。そうした能力を持つ人が必要とされたのです。

やがてそれらは専門職の家系として尊敬されることになりますが、業平の歌上手は、人間関係をうまくとりなし、文芸の力で人の心をまとめ、また神仏への祈りの役目も果たして、ある意味で生き抜く武器ともなったようです。

西欧は一神教世界ですが、日本には八百万《やおよろず》の神も、中国から入ってきた仏もおられる。八百万、というのは、人間関係も政治も、なるべく穏やかに進める知恵でもありました。

恋もとことんやると、うまく行きません。

けれど、とことん行くしかない恋もあります。それはまた、後の章で。

通《かよ》い婚が普通の時代

平安時代は通い婚です。男性はあちらこちらの女性を訪れます。男たちは女たちを訪ね、共寝をし、夜明け前に帰る、というのがお付き合いのカタチでした。

基本的には、そこに産まれた子どもは、女の両親、家で育てられました。女の親は子どもだけでなく、通ってくる男までも婿として面倒をみたようです。

財産は、親から女へと相続するのが一般的でしたから、男が通ってきて自分の娘に子ができるのは、喜ばしいことでした。男の血筋が良く身分もあれば、さらに有り難い。

相手の顔も見ずに、歌や文の遣り取りをし、やがて許されてか強引にか、共寝を果たし、それが続けば三日夜餅《みかよもち》の儀式を終えて、おおやけの夫婦となります。

そうなったとしても、他の女のところに通わない保証はなく、また女が他の男を受け入れても、契約違反の罰則はありません。

一般的にですが、生活費は女の親が見ているので、男が訪れなくなっても、たちまち困窮するわけではありませんでした。

もちろん、「源氏物語」の光源氏のように、自らの屋敷に女たちを住まわせ、女たち一族郎党まで面倒を見る男もいました。

いずれにしても、お互いに法律的に所有し合い、縛り合うことはありませんでした。

業平も、性格や身分の違う女性たちと恋仲になります。色好みの代表のように見なされてきましたが、ただの女好きではありませんでした。誇張されて、「女三千斬り」などと貶《おとし》められることもありましたが、人々はどこかで、自分ができないことへの嫉妬や憧れがあったのではないでしょうか。

女性たちとの接し方、雅な振るまいがあって、成立しているのが業平の恋なのです。

女性たちだけでなく、尊敬する源融《みなもとのとおる》や惟喬親王《これたかしんのう》といった男性たちとも、垣根を越えた触れあい方ができました。そこにも業平の秘密があるように思います。

貴種流離《きしゅりゅうり》が日本芸術を作った

業平は権力や地位より、歌に生きることを選びます。権力を得られなかったから歌と女性に向かったのではなく、自らの意思でそうしました。

権力の危うさを、知っていたからです。

この貴種流離が、日本特有の芸術を作った。日本の美意識を清らかなものにした。万物に哀れを感得し、生々流転、無常を世のことわりと認識し、水の流れに人の世を悟った。

このように書いてみると、権力から離れることで美を発見した鴨長明や西行、良寛さんや松尾芭蕉まで浮かんできます。

業平がそのトップランナーであったと考えても、大きくは間違っていないでしょう。

もちろん日本人の基本的資質に、古来よりこの美意識があったのは、英雄譚《たん》が好まれなかったことでも判ります。「祇園精舎の鐘の声」で始まる「平家物語」も、平家隆盛ではなく、滅びていくものへの同情と哀れみが、心を打ちます。

権力から離れたとき、物質の恵みを失ったとき、人は純粋になれる。真の自分を知り、一個のいのちの限りを知る。そこから見える景色は、権力の中にいたときより、いとおしく美しいものになる。万物が、自分と同じ小さないのちを生きているように実感されてくる。

業平は恋の成就に失敗し、挫折感の中で「自らを用なき者」と知ります。この失意を経て、一段と高い歌人にステップアップしたと思われます。つまり挫折こそ、大いなる恵みになったわけです。

そもそも、権力や地位やお金で女性を得たい、とする恋心は、どんなに本気であっても打算が混じっています。けれど業平の恋は、相手の身分が高く、人生を賭けなければ手を出せません。賢い人は、手を出さない相手です。純粋さと愚かさは紙一重、業平は紙一重を生きて、結果オーライで、最期は自分の人生に満足して死にました。

彼の幸せの理由のひとつは、女性を信じることができたことにあります。女性を信じられるから、自分の人生と歌を、一人の女性に委ね預けることができました。それが「伊勢物語」を世に残した、と私は考えます。

業平の恋は、引きこまれ型が多いのですが、引きこまれたあげく、良きものを得た成功体験が、彼を豊かにした。そのことを業平は経験値として知っていたのです。

信じるものからしか、大きなものは得られない。

なぜ女性をそこまで信じることができたのかは、具体的な対人関係の中から、読み取ってください。

第一章

高貴なるものの責務
——ノブレス・オブリージュ

住吉如慶「伊勢物語絵巻」(部分、「初段」) 東京国立博物館蔵
Image：TNM Image Archives

一、春日野の姉妹

十五歳で歌の才能が開花

業平は数多くの恋をします。最初に業平が恋をしたというか、恋の真似事をしたのは、初《うい》冠《こうぶり》を終えたばかりの頃、春日野に出かけたときです。業平、十五歳。

私が書いた『小説伊勢物語 業平』の「初冠」のところでは、柴垣の隙間から業平が姉妹を覗き見していると、彼女たちが気づくところから始まります。袖で顔を覆う仕草が愛らしいと思い、業平は都人《みやこびと》の証として、狩衣《かりぎぬ》の裾を切って歌を書いて渡します。これは大人の流儀の真似事をしているのです。

源融の歌、「みちのくの　しのぶもじずり誰ゆえに　みだれそめにし我ならなくに」を引用して歌を贈っています。

春日野の若紫のすり衣
　しのぶのみだれかぎり知られず

春日野には紫草《むらさき》のみならず、あなた方の匂い立つ若さが充ち充ちて、私の心もあなた方姉妹の美しさ、あでやかさに染まってしまいました。この布の忍摺《しのぶず》り模様のように、私の心は乱れています。野の草々ならば、やがて静まるのですが、この布の模様は消えてはくれないものです。ひたすら忍んでおります。

業平は未熟ですが、背伸びをして気持ちを伝えます。でも、そこで姉妹から中に入ってきてくださいと言われたら、困ってしまい、さてどうしていいかわからない初々しさを持っています。

小説の中では、伴《とも》の憲明《のりあきら》は業平の乳母《めのと》の長男で、業平より五歳上。同じ乳で育ったこともあり、憲明は業平を弟のように可愛がってきました。

身分在る女は、子を産んでも授乳は乳母に任せます。それも第一の乳母、第二の乳母と、順位があったようです。

同じ乳を飲んで育ったということで、乳母の子と乳をもらった子は特別の関係になります。生涯の主従関係になることもしばしば。

けれど身分差ははっきりしていて、惟明は業平の乳母子《めのとご》として、生涯仕えます。女性に贈る文や歌を届けたり、歌を書き記したり、旅のお供をしたりと、誠実な側近として仕えます。ときには主人を諫めたりもするのです。

融の歌を引いて詠んだことから、業平が歌人としての能力を持っていることに気がつき感心します。惟明が業平の歌の資質を最初に認めた人と言えます。

十五歳の業平はとぼしい体験しかありません。しかし経験には関係なく、融の歌を引いて感情を表現できる豊かさを兼ね備えていました。成人や老人、ひいては女の人の心の動きまで、言葉と想像力を働かせて、魅惑する力を持っていたのです。

業平の本能的な気配り

古典で姉妹が登場する場合、ふつうは片方しか口説かない。しかも姉が美人で妹が劣るという設定が多いのですが、業平は姉妹の両方にアプローチをします。これは業平の優しさとも言えますが、まだ女性に深く心を奪われた経験がないからでもあります。恋心、というよりは、大人の男としての通過儀礼として、恋の作法をやってみた、ということでしょうか。

ちなみに、男が女を「垣間見《かいまみ》」し、文を贈るのはごく一般的なことでした。女たちも、それを承知で振るまいます。

この二人との関係は、後に春日野の姉妹として、小説の中では「ほととぎす」に出てきます。

姉さんは業平と共寝をしてうまくいきますが、妹は下級の役人と結ばれて、一生懸命に夫の着物を洗い張りし、袍《ほう》を手で洗って、糊をつけたりして、心を込めて仕えていました。

袍は正月の公の儀式に、すべての役人が身に着けるものです。身分が低い夫なので、妻が洗濯もしなければなりません。妹は下女の仕事に慣れていないため、肩の布を破ってしまったのです。

夫に恥ずかしい思いをさせると嘆き悲しんでいました。

姉が妹を心配しているのを知った業平が、とても素晴らしい緑の袍を見つけてきて、贈ります。

妹の夫が喜べば、妹が喜び、ひいては姉が喜ぶ。恋した人が喜んでくれると業平は嬉しいのです。

自分と相手だけではなく、姉と妹の間の感情までも業平は感じて引き受けます。考えて動くのではなく、動いてしまったのだと思います。

このエピソードは業平の性格、素養をよく示しています。私の故郷の言葉だと「てんば焼き」です。「面倒見がいい、大の世話好き」の意味です。愛情が深くて、やらずにはいられない。自分ができることをして、相手を喜ばせる。それが幸せ。

身分ある人間の責務、ノブレス・オブリージュ、とも言えますが、それは責務というより、本能のような身についた反応でしょう。何代も高貴な立場や支配階級が続くと、そうした対応がためらいなくできるのだと思いますが、業平の血がそうさせたのかもしれませんね。

当時は女の幸せは相手次第でした。「姉さんは恵まれて幸せなのに、私は姉の旦那さまから手当てしてもらわなければならない」と嘆き悲しんだのではないかと思います。

妹は深く傷ついたかもしれませんが、業平の相手を思う気持ちは、とりあえず通じたはずです。妹は感謝したと思います。

袍を贈るしか方法がなかった。業平の素直な気持ちからの行動です。相手を思いやるのは、業平の人生で各所に見られますが、これが人間力となっていきます。良いと思ったことは、ためらわず行動する。

妹の夫の気持ちを考えると、男のプライドもあってつらい気がしますが、正月から恥をかかずにすみました。心の奥では有り難かったでしょう。

身分の高い人からの援助なので、逆に受け取りやすかった。男同士も、産まれたときから身分の上下がはっきりしているので、惨めにはならなかったと、想像できます。

むらさきの色こき時はめもはるに
　野なる草木ぞわかれざりける

紫草の根で染めた紫の色が濃く、思いも強いときは、目を見張りはるばる見はるかす武蔵野の草木はみな、区別できないほど美しく思えるものです。思う人への思いが濃く強いと、それにつながる人もまた、いとおしく労《いたわ》しく思える。

そういう意味の歌です。

戦略的にそうしたほうが、姉さんといい関係が続くということではないのが、この歌からわかります。

一般論ですが、人を恋したときに、人間としてワンランク上がる、と言えば何のことかと思われそうですが、これぞ恋の効用、奇蹟として確かにあるのです。

相手の周りの人間も含めて、無償の好意を持つことができるのが恋というもの。

人を恋してその思いが受け入れられたとき、「この世界はなんて素晴らしいのだ」と歌の文句のような、単純で大らかな感動を覚えることがあります。

やがて萎んでしまう感動であっても、恋するたびに世界は素晴らしく輝くのですから、そこで起きる精神的な浄化は、決して侮《あなど》ることなどできません。心の大掃除、初期化とでも言いましょうか。

「ああ、世界はなんて美しいのだ」

そう叫びたい一瞬を経験した人間と、一度もそう思ったことのない人間とでは、はっきり人生のクオリティに違いがある。

もちろん、大概は深い谷底が待っているものですが、それでもいったん、世界を抱きしめ、抱きしめられた「恋の瞬間」は、人間の質を、ワンランクもツーランクも、引き上げるのではないでしょうか。すぐれた恋愛小説を読んだときの懊悩《おうのう》と浄化にも、同じ効果があります。

現実には、ああ、なんて愚かなことをしたのかと後悔することが多くありますが、ここで、人間の大きさが顕《あらわ》れます。

恋から冷めたとき、自らの行為をどう振り返るかです。多少の苦味はあったにしても、無償であった自分の行為に満足し、自分の美質を発揮できたことを誇りに思えたなら、さらにワンランクアップ。

業平も、平安の夜空を、こよなく美しいと感じた人であったと思います。

ああ、この夜空の星すべてが、私のために輝いている。なんて美しい夜だろう。

この単純さを嗤《わら》うのは簡単ですが、本当に美味しいものを食べたことのない人の、かなしい嗤いですね。

二、西の京の女――業平にとって決定的な人

大人の女性とは

西の京に住む女は、業平に男女のことを教え、母のように包み込む人でした。

朱雀大路より西は、大内裏から南に見下ろして右半分なので、右京と呼ばれていました。その一角に住んでいたのが西の京の女です。

最初は業平の好色《すき》心から始まっています。それは足繁く通っている男がいる、何人かの男性が通っているらしい、という評判を聞いたからです。

魅力的な女性に違いないと想像をふくらませ、興味を持ちます。ほかの男が夢中になる女性がいると闘争心を持ったり、奪いたくなったりするのが男というもの。よほど良い女だろうと。

若い男なら、その女性の元に行きたいと思うものです。業平も訪れを告げる使いを出しま

す。

仕える人から、「今宵はひとまずよろしい」とほかの訪問者がいるのを匂わせる返事がきます。西の京の女は業平より年上ですから、それなりの男はいて当たり前です。わかっていても、それがわかったからこそ、ますます興味が湧く。

十六歳の業平は純粋なので、ほかにも男がいることに心が痛みますが、なんといっても評判の女性です。吸い寄せられるのが男の性《さが》。桜が見事に咲いていると聞けば、見に行きたいのと同じ心情です。

私は西の京の女が、業平にとっては決定的な女だったと思っています。自分の立場がはっきりわかっている大人の女性の振るまいで、若い業平に接したからです。

業平が訪ねたときに「餅はお出し致しませぬ」ときっぱり言います。平安時代は、三日共寝をし、互いが馴染んできたら、三日夜餅《みかよもち》を二人で食べて、夫婦の契りをおおやけにします。その儀式を行ったら、正式な婚姻として認められるのです。

「餅はお出し致しませぬ」の意味は、「夫婦になる間柄ではありません」ということ。それを女のほうから言います。

その言い方は含み笑いが零れてくるような優しい声でした。さすがに経験を積んだ年上の余裕です。

親子ほど年が離れていますから、一般的には業平とつり合いはとれていない組み合わせです。夫婦にはならないと宣言された業平は、男の責任感から解放されて、気分的に楽になります。つまり恋に没頭できるのです。けれど同時に、若造扱いをされた軽い焦りもあったかもしれませんね。

女が住む西の京は、当時は家も少なく閑散としていました。築地《ついじ》をめぐらせた、いくらか整った屋敷ですが、長雨により、築地から土が流れ出して壊れています。これは、落ちぶれて、補修するお金もない家であることを示しています。

経済的には恵まれず、ひっそりと暮らす西の京の人たち。

京の都は、まず東から発展し、西は取り残されます。平安へ遷都されても、最初のうちは、東西に落差があったのです。

年上の女のたしなみと温かさ

業平は何回も通い、すっかり馴染みましたが、最初から「餅はお出し致しませぬ」という関係です。

西の京の女は、それほどの美人ではなかったようです。明け方に蔀《しとみ》の隙間から射す光りの中で、浮き上がった顔を見ると、眉の下のほうに眉を抜いたあとが浮いて見えました。それに興ざめします。ですから、顔かたち、つまり容姿に惹かれてはいないのです。

外見からはわからない魅力があったということです。

業平の心をとりこにしたのは、筆が流れるような美しい文字の文、その紙に焚き込められた梅の香でした。

筆跡を見て、香の匂いをかぐと、彼女のやわらかい声が甦って、心に染みてきます。深呼吸しても落ち着かず、心地いい声が耳元から離れません。

業平は想像をふくらませ、思いが重なり募って、どんどん引き寄せられます。

ある夜は、西の京の女の襟元から伽羅《きやら》と麝香《じやこう》を調合したいい香りが漂います。自分の体の匂いを知ったうえでの彼女だけの香りに、業平は吸い込まれます。香の調合にも長《た》けていることから、家は落ちぶれていても教養ある上等な人だとわかります。

また髪の色艶もよく、たっぷり豊かでした。

西の京の女は傍にいるときは歌は詠まないと言います。歌は離れているから詠むもので、直接会っているのに歌は詠まないと。

男女の間のやり取りの常識的な儀礼にこだわりません。

また情の見えにくい、一筋縄ではいかない女性でもあります。業平のはやる気持ちを見破られ、見透かされているようにも感じています。

恋にうつつをぬかすのではなく、男女の本質がわかっている女。

業平は何を話しても許されると思っていましたから、母親のことも相談します。

西の京の女は、母親、伊都《いず》内親王を知っていて、業平が八歳のときに、祖母が亡くなったことも覚えていました。つまり、母親に近い年齢なのです。

業平は母親との距離感がわからず、あれやこれやと思いめぐらし手探りし、もんもんとしていました。

母親のことを知りたいし、近づきたいけれど叶わない。だから西の京の女に話して確かめたくなったのでしょう。母親に甘えられない分、業平を包み込んでほしかったのだと思います。

西の京の女とは、もちろん性的な関係がありました。うんと年上の女に、男女のことを教えてもらった。

若い業平はここで自信をつけます。業平の「わたしは母君と添い寝をしている心地がする」という一言があります。「なんと有り難きお言葉。ここは西の京、昼間は牛車《ぎっしゃ》も通りませぬ。そのような女に母君さまのお姿を重ねられるとは」と、西の京の女は当惑します。

母親への情が、西の京の女に重なってしまいます。母親ではないから共寝しますが、「教えられた」ことは、生涯忘れられなかったでしょう。

母親に甘えられなかった業平

業平だけでなく、男は全員マザコンと言ってもよいのではないでしょうか。母親に甘えるように、女性にも甘えたい。この心理は古今東西変わらないと言われています。太古の昔から現代まで、母を思う気持ちと女性に甘えたい衝動とは、重なっているようです。

女性は、男というものは母性的な優しさを求める生きものだと理解しておいたほうが、夫婦でも恋人でも良い関係が保てるのではないでしょうか。「私は母親じゃないのよ」「何を甘えたことを言っているの」とイライラしたり怒ったりするのは、男という「か弱い」生きもののことを知らないからでしょう。

妻と母を混同しないでほしい、という言い分をよく耳にしますが、それは男という性を、買いかぶっています。そんなに強い男性なんて、いません。いつもどこかで、すべての女性に母性を求めている、それが男なのです。

なにしろ男は、女から産まれてきたのに、いのちのひとつも産み出せない。大きな卵子に取り付いて、ようやく小さな精子が役目をまっとうする。あの姿こそ、男女の真実です。受け入れてあげましょう。それが女の余裕というもの。

つまり西の京の女は、もっとも女性らしい、魅力的な存在でした。性のことでも、おそらくすべてを許してくれた人。男は無用に頑張らなくてもよいし、あるがままを受け入れてくれる。大きなものに包み込まれている安らぎがあったと想像できます。

平安の世は、男が女のもとに通い、気持ちが失せれば通わなくなる、つまり離《か》れるわけですが、それさえも許してくれるのが、西の京の女です。朝がきて、出て行く業平を見送るとき、まるで息子が育って家を出て行くのをそっと見送るような、しみじみとした哀感があったでしょうね。

このような女は、フランス文化圏には、存在します。コレット作『シェリ』にも描かれています。けれど平安時代にも、存在したのではないでしょうか。

良い男は、良い女に育てられる。もちろん、良い女も良い男に育てられるもの。そのようにして育った良い男も女も、別の相手を幸せにすることはあっても、育ててくれた人の元には戻ってきません。ここにも宿命的な恋の哀しみがあります。

年上の女ゆえの包容力

思春期はなかなか複雑です。自分さえ思うとおりにはなりません。

「母君も西の京に住まう女《ひと》も、さらにこの春の雨もです。いずれもどうにもならぬほどの大きさ。それとも自分が小さく幼すぎるのか」

とこのときの業平の真情を、小説に表現しました。

女たちも、母親も雨までもが、業平を包み込んできます。大きな存在が近くにあるゆえに、業平自身は小さく佇んで見えます。その小ささには苦しさだけではなくて、甘えも潜んでいます。

西の京の女は男にとって夢です。愛情を注ぎ、注がれる、春雨のように肌に温かい人。年齢も上だから、経験豊富。業平はほかの男との付き合いを想像し、気持ちが掻き立てられる。挑んでも挑んでも、相手は大きい。男女のことも人生のことも教えてもらう立場。

業平にとっては有り難いことばかりですが、焦りも大きい。

だからこそ西の京の女から学ぶことは多く、彼女を満足させたあとは、男としての自信がついたのです。

業平を大人にしてくれたこの人は、先々暮れていくばかりですが、業平はいよいよ隆盛の時を迎えます。まるで子宮のように育てはぐくみ、世界へと押し出してくれたのが、西の京の女でした。

少年から大人へ

業平は、夜明けとともに自分の邸に戻り、気持ちが溢れるままに後朝《きぬぎぬ》の歌を詠んでいます。

後朝の歌、とは、女と別れてすぐに贈る歌で、素晴らしい一夜だったね、また逢いたいね、というご挨拶。きぬぎぬ、つまり衣《きぬ》と衣《きぬ》に別れてしまったあとの歌で、それまではひとつの衣の中にいたわけです。

このとき、外は雨がやさしく降っていました。

西の京の女も業平と同じ雨を眺めていたのでしょうか。

　　起きもせず寝もせで夜を明かしては
　　　春のものとてながめ暮らしつ

昨夜、私はあなたの傍らで、起きているのか寝ているのか判らぬまま朝を迎えてしまいました。そほ降る雨のせいでしょうか。それともあなたが春の雨のように私の中に入ってこられて、起きることも寝ることも叶わぬ甘い酔いで縛ってしまわれたのか。いま、あなたから離れても、あの雨はこうして空から降り続いております。また私の中にも。春の雨とは、このように長く、いつまでも終わりのないものとは知っていましたが、切ないものです。

かんかん照りでもなく、雪の日でもなく、粉のように降りかかる雨にしっとり濡れている心。心を濡れさせているのは西の京の女との記憶です。つい先ほど別れてきたばかりなのに、香りや声や肌触りが思い出されてきて耐えがたくなる。とても官能的な歌なのです。

西の京の女は、業平の気持ちを柔らかくさせてくれました。そのありのままの情の言葉が、現代の私たちの心にも響きます。

業平の歌が今日まで残っているのは、率直な心が吐露されているからです。おぼろな雨がもたらす、しっとりとした官能性は、母のような西の京の女によって育てられた感性だと言えますね。

業平は自分自身の歌により、自分が何者かを知ります。そして、今まで見えなかったものが見え、感じなかったものを感じるようになります。

たとえば自然現象のひとつである「おぼろな雨」に濡れたとき、自身が詠んだこの歌によって、官能的な記憶が呼びさまされ、さらに深い表現が可能になる。自らの作品により、育てられることの不思議さ。

業平は西の京の女から、十六歳にして学び取っていました。そしてこれは、歌人としての業平の礎《いしずえ》となった気がします。

業平は西の京の女との恋が終わることで、人生にも恋にも終わりがあることを知ります。ずっと一緒にいられないとわかっていましたが、終わらないでほしいと望む気持ちももちろんある。終わりがあるから、その関係が大切に思え優しくなれることにも、気づきます。

若さからの卒業だったかもしれません。

生きていく上での真実を、このとき学んだのです。

出自の悩み

西の京の女を知ったことで、父親と母親への感情が明確になってきました。

業平が初めて快楽を知り、「安堵のような、それでいて妬けるような哀しみが追いかけてくる」という経験をします。そして、父親と母親は仲睦まじい関係ではないと考えるようになります。

性の快楽が大きく、あまりに新鮮であったとき、人は哀しみを覚える、と言えば、多くの人を当惑させそうですね。でもこれは、生きものとしての身体的な反応だと思います。この歓びはもう二度とは得られないものではないか、という畏れとともに、自分の身が、両親のこのような快楽の中で産みだされたのだろうか、いや、違うだろうか。

自分はどのようにして、この世に生を享けたのか。

自らの出生と性の実感が、そこで混乱します。

小説では、「なんという敗北でありましょう。心地良い崩れでありましょう」と「敗北」という言葉を使いました。

業平の男としての性と、両親の共寝があって自分が産まれた事実が、せめぎ合っていたのです。両親の不仲を受け入れようとしながら、母親を想うあまり、受け入れがたい矛盾が生じたと思われます。

母親は、自分の父親阿保親王に、不足があるのではないかとも思います。母親は、配流になって帰ってきた阿保親王と結婚したわけです。決して満足な婚姻ではなかった。

阿保親王は平城天皇の血筋を引いているけれど、母親は桓武天皇直系の娘。業平は桓武天皇の曾孫。だからこそ母親は自信と矜持が強く、異様に誇り高い。

当時は父の血筋が大事にされていましたし、気位の高い母親に甘やかされた記憶がありません。甘えられる母親ではなかったのです。

それが西の京の女には駄々っ子のように甘えられます。甘えさせてくれる人に出会って、自分をさらけ出して、ありのままの姿を見せられた。純粋になることができた。

母のように包み込んでくれ、すべてを受け入れてくれる女に出会っている業平は幸せですが、それゆえ見えてくる不幸もあります。それまで子としてのみ両親を見ていた視線に、男女の認識が加わったのです。

後に業平は、マザコンどころかロリコン的な面も見せてきます。これはそれぞれの関係で見えてくるとして、その両方を教えたのも、この西の京の女ではないかと思います。

聞き上手、甘え上手、その役割による親愛関係。またそれらの役割のごく自然な交代。ある種の演技的な能力も含まれるでしょう。

あえて言えば、多様なレセプターのようなものが、業平の中に育った。

これは女性に対してだけでなく、業平のすべての人間関係に役立ちました。
西の京の女は、大きな存在でしたね。

第二章
女性からの気づき

住吉如慶「伊勢物語絵巻」(部分、「四十五段」)東京国立博物館蔵
Image：TNM Image Archives

一、五条の方——知的な小悪魔から学んだこと

断わり方にも余韻があって心地いい

五条の方は藤原の血筋でも身分は高くない傍流の末娘。容姿もさほどではないけれど、男たちを虜にする小悪魔的な恋上手の女です。

業平、十七歳、右近衛府将監《うこのえふしょうげん》。位階は従六位上で、けして高くはありません。親王の子どもとしての気負いが増していました。近衛府への出仕、公卿《くぎょう》の随身の役目、午後から夜にかけての務めである宿直《とのい》が任務です。

業平の歌詠みの才覚も噂になり、容姿や細やかな振るまいも、さすが平城天皇の血筋と言われていました。体格もよく、弓術も強い。

五条の方は一家揃って、西洞院《にしのとういん》大路の五条に住んでいました。藤原の血筋なので、それなりの邸です。

着るもの、寝所の敷物、几帳や帷《かたびら》や香も、新しく整えられています。仕える人々はみんな心配りが行き届き、丁寧で感じがよく、教育も行き届いていて、一所懸命さも感じられます。これらの配慮から、五条の方の品格がわかります。落ちぶれていても、高貴な血が流れている証と業平は受け取り、これらの配慮に心を動かされます。

でも、このように心配りされているということは、ほかに通う男たちも同じように快く感じているはずだと気がつき、嫉妬心と愛執《あいしゅう》を持ってしまう。

当時は女性がいい男を呼び寄せれば、品々をもらい、生活が豊かになります。女性に生活がかかっていました。家族の生活がよくなるために、仕える人々を含めて全員が協力して、五条の方を支えていたのです。

五条の方一人が家の盛衰を背負っているのが、業平にはすぐわかりました。それが痛ましくもあり、けなげにも見え、男心を揺さぶって、気持ちを引き寄せたのです。

また家人がすぐれていたのは、訪れを断るにも余韻を持たせ、救いがあるような風情ある配慮がなされていたことです。男たちは断られても心地よさを覚えるのです。

羞恥心と嫉妬心を掻き立てる小悪魔

声は大変明るくすずやかで、無邪気なほどきっぱりして、囁きではなく鋭い棘《とげ》のある強い声、と私は小説に書いています。男女の間では、声も重要なポイントなのです。

好みの声というものもありますね。

声と明るさがあいまって、この御方は小悪魔ぶりを発揮します。

小悪魔は悪い意味ではなくて、相手をよく観察し、男に対して棘の使い方もうまいということ。

例えば、当時はどんなときでも烏帽子《えぼし》を取りません。共寝でも取らないのが普通のところを、五条の方は烏帽子を取らせてしまいます。

共寝のときの衾《ふすま》（掛け布団）の中から顔を出して、起き上がろうとしている平安時代の絵があります。裸なのに烏帽子だけつけています。絵は当時の様子を表す情報源です。

男たちのたしなみや象徴としてつけていたのでしょうが、家に帰って寝るときは取った、という説もあります。

いずれにしても烏帽子を取るのは男にとって恥ずかしいことです。羞恥心を刺激して、性的な興奮に導いてしまうのか。

五条の方は本能的に男の弱いところ、恥ずかしいところを押さえる術《すべ》を知っていました。「禁忌と高揚」ですね。

禁忌を犯すというか、禁忌の領域に入るというか、それによって特別の関係になります。麻薬的な快楽といっても良さそうです。

そういうポイントも心得ていて、「あなただけが烏帽子をとったわけではなくて、いくつもの頭を胸に抱いて、頭を撫でた」という内容のことも囁き、ほかの男たちの存在を匂わせます。そして「俺一人ではないんだ、何人もの頭を撫でているのか」と嫉妬心を掻き立てられます。

羞恥心と嫉妬心が重なって、五条の方への強い執着心になっていきます。そうなれば、気持ちは燃え盛り、気になって仕方ありません。ほかの男の存在を含みのある会話で伝え、競争させる小悪魔ぶり。

平安時代は、現代とは生活習慣も考え方も社会状況も取り巻く環境も、まったく違います。生理的感覚は社会的な状況などいろいろなところで変わってくるので、千二百年も同じとは思えませんが、禁忌を破ることが快楽につながる、という点では、同じかもしれませんね。後述する業平の恋も、禁忌に燃え上がる性向がはっきりしています。

業平は五条の方に会う前に、西の京の女に出会って男女の機微も教えられています。心理的にはひとつのカタチだけでなく、男女は攻守や役割も変化するからこそ面白いのだと、知っています。

その経験があったからこそ、五条の方にも恥部をさらけ出し、さらに惹かれていったのでしょう。

さまざま色事の心理を植えつけたのは西の京の女であり、もし出会っていなければ、「頭の冠を取れ？　なんて失礼な」となって、それ以上進めなかった可能性もあります。そして展開は変わったと思われます。

人間は、とりわけ男女の間は、心地よいだけでは飽きてしまいます。調和は大事ですが、棘で刺激することも相手をつなぎとめる秘訣。そのあたりの心理的なテクニックを、五条の方は持っていたということです。

小悪魔を計算して演じていると、男たちは鼻じらみ、嫌な女とうつりますが、五条の方の小悪魔ぶりは、無邪気で自然で、天性のものだったと思われます。

憎めないのは嘘がないから

「恋は追いかけるが負けですよ」と西の京の女に優しく言われた気がして、業平は立ち止まります。そして業平は二晩、五条を訪れませんでした。

その二晩は、ほかの男が訪れている様子がずっと頭に浮かんで、苦しくてたまりません。想いは募りに募って、追い求めてしまいます。業平はついに三晩目、耐え難くなって歌を詠みました。

出でて来しあとだにいまだかはらじを
　誰が通ひ路と今はなるらむ

あなたの邸を出たのはつい数日前、まだ足跡さえ残っています。今、足跡はどなたの通う路となっているでしょう。

この歌を贈ろうか止めようか迷いますが、結局贈ってしまいます。いても立ってもいられず、平静でいるのが難しくなっていたことがわかります。

このような関係は、気持ちが掻き立てられて燃え上がるものの、長続きしないことも多いですね。

御方の小悪魔ぶりは、今なら高級な銀座のクラブの女性の手練手管かもしれません。普通ではないことをされた快楽、心地よさがクセになる。その弱点を見抜くのは、観察眼と経験値。

多くは一人の女の人の周りにたくさんの女たちがいて、さあ歌を作れ、急いで返歌しろと、ある意味で稼ぎ手である姫君に働きかけ、どうにかして男を通わせたいと努力するものです。しかし、五条の方はそのようなことをしなくても、小悪魔的にうまく接して男の人が絶えないので、一家は安泰だったのではないでしょうか。

家人たちも女主人のパワーをよく知っているから、そのパワーを発揮できるように一所懸命、みんなで支えました。

当時の男と女の通い婚の姿を、よく表していますね。

五条の方からは、小悪魔ぶりの中にも嘘がない、ありのままの明るい姿が感じられます。

「ほかの男性も通ってきますが、どうなさいますか」

と問うわけです。

どの男性にでも問うでしょうから、ほかの男たちも嫉妬の感情を持つのは容易に想像できます。

隠しごともなく素直に言って、どの男たちの気持ちも騒がせます。この隠さない素直さ、無邪気さが憎めない理由です。

業平がすごいのは、ほかの男の立場になって見る想像力でしょうか。自分が他の男の影を感じるように、他の男も自分の影を感じているはず。

すると気持ちが落ち着いてきます。一方的な嫉妬心は消え、焦心《しょうしん》さえ大らかに開かれていきます。

恋敵の立場になって考えられないのが普通ですが、ここで俯瞰できるのが業平の才能ではないでしょうか。

多くの角度から心情や状況を見ることができるのは、まさに歌人としての資質。歌を詠むときには、独自の感情と本心を表現しますが、それが相手に通じるかどうかを、常に客観的に、相手の立場に立って見る力も備えているもの。

業平には刺激され満たされる気持ちも、自分の中に芽ばえる嫉妬心などの醜い焦りも、しっかりと視えていたと思います。

二、蛍の方――巻き込まれたから見えるもの

業平に恋い焦がれ亡くなった女性

業平の情の深さがよくわかるのが、蛍の方とのことです。

烏帽子に直衣《のうし》姿の老いた男が、邸の外に牛車を停めて、唐撫子《からなでしこ》を添えた厚い文を持ってきました。唐撫子の色は、暮れなずむ空のように淡く名残惜しい色です。

身分や名前を名乗り、ぶしつけな文を謝ります。身分が高いのに、頭を下げるのです。直接文を持ってきたことにも業平は驚きます。

業平は文を受け取るだけではなく、男を待たせるように憲明に命じます。よほどの訳があるに違いないと推測したからです。見知らぬ相手ですが、細やかな配慮が感じられます。文には使いの者ではなく直接届ける方法しかなかったこと、時間がないこと、男の娘が病を患い、息はあるけれど重篤な状態だということ、なぜ業平のところにきたのかが記されていました。

業平が徒歩《かち》で西洞院《にしのとういん》大路を行くのを、近くの神社に詣でていた娘が牛車の中から見て、恋をしてしまいます。親や乳母たちは、あまりに何度も神社に詣でるので、よほどの祈願があるに違いないと思っていました。

やがて病気になり、食べられなくなった弱った体で、琵琶を弾きます。無理して琵琶を弾くので、それが負担になってますます体は衰えていき、病は悪化していきます。

琵琶を弾くのは、美しい横笛の音と合奏しているのだと言いますが、周りの者には横笛の音など聴こえません。家族も仕える者も何のことだかわかりません。

娘の命が危ないほど弱って初めて、横笛を吹いている相手が業平だと知り、業平に恋い焦がれての妄想だったとわかったのです。

業平は娘と合奏したことなどなく、まったく見知らぬ女でした。待たせている男に事実なのか確認します。

「はい、私の娘は業平様に恋していたことを誰にも言わず、胸にしまい込んで、一人で想いに耐えていたようで、せめて最後に、ひと目だけでも逢わせたかった。それが叶わないのなら、文だけでもいただければ、あの世への旅立ちも楽になると思って、こうしてお願いに参りました」

と父親である男が申します。

男は業平に両手をついて非礼を詫び、袖を顔に当てて、息を殺してむせび泣いています。

業平はその心情に、打たれます。

業平が徒歩で、五条の方か西の京の女のところに通っていたのを、近くの神社に参拝する女性が、牛車の中から見ていたらしい。業平は女のところに通う気持ちが昂《たか》ぶっていたので、大路に停まる牛車など目に入りませんでした。

笛と琵琶の合奏は幻とわかっていても、そこまで自分を思ってくれる女性が愛おしくなります。

急いで支度をして、男の牛車に乗りこむと、右前座席を勧められます。そこは業平の位の者が座るところではありません。牛車には位によって、座る場所が決められています。それほど大事にされているのを感じた業平は、父親の娘への深い愛情を知ります。業平の心もふるえました。

娘を訪ねると死が迫っているのを目の当たりにします。

父親が「業平殿が見舞いにみえられた」と声をかけても、握った手の力はなく、だらりと垂れます。業平は哀れさと惑う気持ちに途方に暮れます。

娘の手に触れると、わずかに頬が明るくなりました。業平は不思議な力が加わったかのように、娘を抱き上げ、持ち上げていました。

娘の気持ちを思うと、自然にそうしてしまったのです。

周囲の人々が声を上げて泣く中、業平も涙を流します。女は業平の腕の中で息絶えてしまいました。

もっと早くに知らせてくれなかったかと無念でした。

損得で判断しない情動から得た「無常」

なぜ業平は見知らぬ男から頼まれて、女に会いに行ったのか。会いに行っただけでなく、思わず抱き上げてしまったのはなぜでしょう。いずれもしなくてもすんだことです。それをせずにはいられないのが業平なのです。そこに好色な情動はありません。

業平は父親が娘を思う気持ちに心動かされて、娘の思いを叶えたいと思ったのです。業平は恋心がどのように複雑で、苦しく、辛いかを知っています。恋する気持ちをわかっているからこそ、叶えたかった。また父親の娘への愛情に触れて、父親のためにも叶えてあげたいと、思った。

この時代、死者に触れたものは三十日は外出を慎まなければならないという穢《けが》れのことわりがあり、娘の邸に籠る羽目になります。

業平の情ゆえ、その状況に引っ張りこまれてしまった。

巻き込まれるタイプです。素通りできなかったゆえに迷惑を被ってしまいます。損得で判断しない情動を備え持っているゆえ、こうしたことが起きます。

この一連の行動を、損だと思う人もいるけれど、歌を詠む人間にとっては、引っ張り込まれた思いがけない状況の中でこそ、より多くの宝に出合うことがあるのを、知っている。経験すれば、何かを得るものです。

女性を恋しく思い、夜ごと訪れて共寝をし、歌を贈って、酩酊にも似た至福で全身を満たしてくれるのも恋だけれど、何も知らぬままに、酷な仕打ちを与えてしまうのも恋だと業平は悟ります。

恋とは酷なもの。知らず知らずのうちに、自分も酷な仕打ちを与えていたとは。

業平自身の恋は、死にまで届くほどの恋心には達していないのではないか。まだまだ、侘《わ》ぶる思い、耐え忍ぶ心が足りないのではないか。

蛍の方の死を経験したことで、哀れみの深い感情が、さらに深くなります。痛みを知れば知るほど、共感の情は豊かになり、知る前より多くのものを得ていく。

「懸想は目に見えざる力を持つのです。天に通じて縁《えにし》を支配するのが人の思いとあらば、自らの女人への懸想もまた、因果の法に沿い、相応の波風となって戻されてくるのが必定《ひつじょう》かと」と私は小説に書きました。

つまりは懸想（恋愛）というもの、一方的な自我ではなく、相手のあること。人の想いは目には見えないけれど、大きな力を持っていて、生きることにも、人との関係にも、その力が働いていること。それが若い命を散らす場合もあることを、悲痛にも学びます。

巻き込まれても迷惑なことで終わらず、人の奥深くにある素直な気持ち、恋することの不条理、生きていることへの有り難さを、業平は実感しました。

この娘の命が尽きた後に詠んだ歌があります。

くれがたき夏のひぐらしながむれば
　そのこととなくものぞかなしき

早く暮れてほしいのに、時はゆるゆるとしか動きません。死後しばらくは、魂が戻ってくるのを待つ習慣がありました。早く暮れれば女人の魂が亡骸《なきがら》に戻る時を失うことにもなり、そう願うのも非情なこと。

業平は蛍を見ながら、命とは、現世でのささやかな光りの明滅だと気づきます。命のはかなさを実感します。また命は長くても短くても、必ず消えることもしみじみ感得します。

この世では添えなかったけれど、心地よい夜風の中で改めてお会いしましょう、との遥かな思い。

命が絶えた後、業平は横笛を吹きます。淋しさ、無力さを笛に乗せて詫びるかのようです。

すると琵琶の音が重なった気がします。笛を止めると琵琶の音は西の空に吸い込まれるように消えます。また笛を吹くと、琵琶の音がします。娘の魂が横笛に寄り添って合奏していると思えてなりません。

私はこの場面を、蛍に託して書きました。二つの光りは交わることなどなく、虚しく飛んでいます。業平は「無常」を感じていたと思います。

過去の経験から、あれほど燃えていながら、やっぱり永遠に続くものではないとわかった業平の無常観。そして死者への想い。

損得では判断できない情が働いて、より多くのものを得ました。

ゆくほたる雲のうへまでいぬべくは
　秋風ふくと雁につげこせ

上がっていく蛍は雲の上まで飛んで行くのですか。雲の上に行ったなら、この世ではすでに秋風が吹いています。戻って来られますように、と雁《かり》に伝えてください。

業平は死に向かって苦しみに耐えながら、暑い日々を過ごし、自分を思ってくれた女性に、今夜の涼しい風を届けたいと願います。

いつかこの秋風の中でお会いして、睦み合いましょうと。

この歌には「秋」と「飽き」が掛けてあります。秋がくれば人の心にも飽きがきます。この世の中にあるものすべてに、飽きはくるものです。しかしあの世へ旅立った人は、飽きることがないという意味も込めて。

恋仲になったり、共寝をして夫婦になったりして飽きるよりも、叶わないまま飽きることもなく、永久に忘れない、そういう縁もあります。娘と業平はそのような縁だったのだと思います。

業平は死に立ち合って、死にゆく人を想い、無常を感じながらも現実を見たのだと思います。

私はこの娘を蛍と呼ぶことにしました。

再婚するとき、相手が生別であれば新しい結婚もうまくいくけれど、死別の場合は新しい関係が難しい、と言われています。

死者はもう、永遠に良き姿のまま記憶に残るからでしょう。伴侶もそうですが、亡くなった人は、記憶のなかで日々磨かれて、美しい姿ばかりが残るものです。

実際に共寝をしなくても、蛍の方は業平の心にしっかりと刻印された人でした。

三、紫苑《しおん》の方——思うようにならない人との接し方

見苦しい毛虫《かわむし》が、やがて美しい蝶になる

紫苑の方は、さすがの業平でも思うようにならない女性でした。

京の都の南西に、長岡がありました。その土地は、桓武天皇の子孫によって美しく保たれていました。多くの宮腹、桓武天皇の息子たち娘たちが、住んでいたのです。

政治に関わる人は、京に移り住みますが、鄙《ひな》の中にも雅心が残されていたのが、旧都の長岡です。短いあいだですが、平安京へ遷る前に長岡に都があったので、そのまま取り残されたのかもしれません。

父阿保親王が亡くなったのち、母である伊都内親王は長岡に家を建てて住んでいたので、業平は母に会いに向かいます。業平も人生のあれこれを知って、大人になっていました。

長岡は一面の田に稲が実って、田子《たご》が一人、鎌で稲を刈り取っていました。

業平が稲を刈ると言い出して、鎌を振りかざします。

「人を刈ることとは業平、生涯致しませぬが、稲株ならこのように上手に」

などとつぶやきながら稲穂を刈る姿は、冠を着けた鼬《いたち》が穴を掘っているのに似ていて、田子もお付きの憲明も声をあげて笑ってしまいます。

そのときに背後で女たちの高い笑い声が上がります。業平の稲刈り姿を見物しに、女の子たちが集まって来たのです。

その中の年長、十二、十三歳の女の子が紫苑の方です。

業平の狩衣《かりぎぬ》の話が、女の子たちの話題になりました。

紫苑の方は「唐花模様だ」と落ち着いた様子で言います。紫苑に染めた袿《うちぎ》が大人びて見え、ほかの女の子たちとは少々違います。

髪を伸ばし、すでに女性の雰囲気を業平は感じます。小桜、花菱、忍ぶ草などの花文様も知っていました。歌によく詠まれる忍ぶ草が、恋のせつなさや待ちわびる思いを表現するのもわかっていて、背のびした素振りを見せているのもなかなか可愛く、業平は好感を持ちます。

しかし、「あれあれ、鼬のように見える」と業平を鼬に見立てて面白がったり、業平の呼びかけに応えなかったり、簡単に手に負える相手ではありません。それがまた、業平には面白い。なにより紫苑の方には、若さの勢いがあります。ああ言えばこう言う快活な会話が、長岡の空の下、繰り広げられます。

いまだ見苦しい毛虫《かわむし》。でもこれが脱皮したら美しい蝶になる。見苦しい毛虫ほど、よい女になるものだと、業平は予感します。

業平が「忍ぶ草を好んでおります」と言うと、意味がわかったような、わからないような、困った表情をするのも業平には楽しい。さらに浮き名をとがめられ、なぜあちこちの女を好むのかと問い詰められ、

「いやはや、紫苑色も桜色も、いずれかを選ぶことなどできませぬ」

と答えると、紫苑の方は、

「お心が幾通りもあり、真《まこと》はどのお色が好みかも判らぬのではありませぬか」

とやりこめます。

業平の動揺を見た紫苑の方は、手を打って喜ぶばかり。遊びを超えて、背伸びをしたスリリングなやり取りです。この丁々発止の利発な反応が、業平の胸に刺さります。

あれにけりあはれ幾世の宿なれや
　住みけん人のおとづれもせぬ

紫苑の方は屋敷での遊びに飽きて、この歌を詠みます。

あらあら業平さま、逃げてしまわれたのでしょうか。この住まいも荒れていますね。これでは昔、住んでいた方も来られませんわ。私も御簾の向こうまではお訪ねしません。荒れにけりと離《あ》れにけりを掛けた大人びた歌に業平は驚きます。背伸びしているだけではなく、意味が解っていて、歌に詠み込める才能があるようです。

業平は歌を返します。女の子たちを鬼に見立てた歌です。

葎《むぐら》生ひてあれたる宿のうれたきは
かりにも鬼のすだくなりけり

葎が生い繁り、滅入るように荒れ果てて見える住まいですが、それは鬼たちが群れをなして入って来て、騒ぎ遊ぶからです。あなたたちのことですよ。

鬼と言われても紫苑の方は嬉しがり、角のように指を立てて走り回っています。気分を害すこともなく、悪く解釈もせず、明るく無邪気な紫苑の方に、業平は心惹かれていきます。

落穂拾いでも、誰がたくさん拾えるかを競いあおうと業平が言えば、紫苑の方は面白くないと言います。それに対して業平が互いに一つずつ拾い、今宵、密かに会って二つにしませんかと誘うと、ようやく意味を理解したようで、扇で顔を隠し、走り去りました。

業平は気になって仕方ありません。

利発な紫苑の方は、大人になれば優れて魅力的になると確信します。

業平はいつの日か都のどこかで会いたいものだと思い、このときは、それ以上追うのを止めました。

男と女の直感を、経験は浅くても持っている人は、どの時代にもいます。紫苑の方はまさにそういう女性でした。

長岡でキャッキャとはしゃいでいる少女の頃から、「いや、あなたさまはあちこちの女人をお刈りになる、いろいろな色がお好きですね」などとずけずけと、背伸びしたことを平気で言ってみせます。おませで頭の良い子は、やがて良い女になるもの。

業平の直感は当たりました。

叶いそうで叶わない

やがて紫苑の方は、都の父親のところに引き取られます。

父親は「大幣《おおぬさ》」で祓いごとばかりやっている変人。「大幣」とは現代の神主も使ってい
る、串の先に紙などを垂らしたお祓いの道具のことです。

紫苑の方は習い事の日々で、それなりの教育を受けて、どんどん都人らしく、いい女に成長していきました。

冷泉小路のある邸に、紫苑色の小袿が似合い、見事な振るまいと歌の才能がある女性がいるらしいと、業平の耳にも噂が届きます。紫苑の方に違いありません。

業平は会いに行きます。主が陰陽師に没入し、昼夜問わず呼ぶので、忍び込みやすいように陰陽師の姿で邸に向かいました。

逢ってみればやはり紫苑の方でした。「折にふれ、思い出しておりました」と言われれば、業平は想いが募ります。

思い出を語り合っていると、またまた鼬の話になります。業平は陰陽師の衣装を着て邸に入ってきましたから、「鼬の陰陽師」と呼び、「鼬は噛《か》みます……痛うございます」と昔のこ

とを引いて業平をからかいます。

「嚙みませぬ。あが君のよき香に、ただ酔いたいだけで」と防戦一方の業平。長岡でのことを踏まえて、機知にとんだ会話が弾みます。業平は誘うのですが、紫苑の方は笑って上手に逃げます。

ふたたび鼬の話になりました。

「鼬が哀れで、愛おしう思います」

と言われたので、業平はてっきり許されたと思って、御簾の内に入って行きます。けれど紫苑の方を抱きかかえようとすると、ふわりと動いて手の中から逃げてしまいます。業平は身を寄せたいとひたすら頼みますが、拒まれます。思うようにはなりません。

紫苑の方は内裏に入ってしまうという噂もあり、そうなれば手が届かない存在になるので、何とかしたいのですが、どうにもうまくいかないのです。ほかの女性には強く進んで行くことができるのに、紫苑の方には難しく、業平はそんな自分に新鮮な心地さえ覚えるのです。

なにやら、才気に圧倒されてしまったようで。

紫苑の方が詠みます。

大幣の引く手あまたになりぬれば
思へどえこそ頼まざりけれ

含みのある優しい笑みとともに耳元で囁かれます。

あなたは大幣のようなお方です。祓い済みの幣に穢れを移そうとして、人々は手を伸ばします。きっと、この大幣のように、引く手あまたなのでしょう。

たしかに女性たちに人気の業平です。

紫苑の方から、好もしくはありますが、身を任せることはできないと断られてしまいます。いつも気丈で才気があふれて凛としている御方に業平は惹かれますが、どうにも共寝まで行きません。

業平は「大幣でさえ最後に寄り着くところがあるはずなのに、どうかつれなくしないではしい」という内容の返歌をしますが、うつうつとして胸が塞がれる思いです。

そのうち手の届かないところに行ってしまうと思うと、さらに想いが募ります。追われるのも辛く、追うのも苦しいと実感した業平。

紫苑の方は業平の思うようにならない女性です。叶いそうで叶わなかった相手です。共寝には至らなかったようです。

やがて都の水が合わなかったのか、紫苑の方は長岡に帰ってしまいます。

紫苑の方の賢さ

「紫苑」という言葉は、「源氏物語」の若紫に重ねており、少女の頃に見初めた女という意味で名付けました。

長岡で見初めた女の子ですが、毛虫が蝶になって美しくなるように、成長を確かめながら自分のものにしたいと願う、これこそ好色な男の願望です。光源氏も同じ願望を持ちました。

許さなかった紫苑の方が賢かったのです。

業平はモテてモテて、あちこちに女の人がいるのを知っていますし、子どもの頃から、業平の女性関係の噂を耳にしてきました。

少女ながらに世の中の男を見通していて、自分が納得しないと動かないのが紫苑の方。いくら業平が通って行っても、結局、なんだかんだ逃げ回って身をまかせません。

そこで途絶えたと思われたこの紫苑の方が、小説の中では「東下り」の旅寝の語り合いで、再び登場します。「東下り」とは業平一行が理由《わけ》あって都から東国まで落ちていく旅のことですが、その理由は後ほど。

この旅の途中で杜若《かきつばた》の歌を詠んだとき、伴人《ともびと》の元親《もとちか》が、残して来た妻のことを思い出して涙ぐみます。

唐衣きつつなれにしつましあれば
　はるばる来ぬる旅をしぞ思ふ

元親は長岡の業平の所領を預かっている男。

誰のことを想って涙を流したのかと、業平は元親に訊ねます。

この時点では、紫苑の方が元親の妻になっているとは、もちろん知りません。

「ほかにたくさんの妻を持つなんて考えられません。私にとっての妻は一人です。その妻を思って涙を流しました」

と言います。

これは業平にとって、非常に新鮮な答えでした。その当時は妻という立場の人が何人もいましたし、一夫一婦制ではありません。

男として、一人の女に満足できるものなのか。一人で満足させる女とは、どんな女なのか、と業平は興味を持ちます。頭もよく、歌の才能もあり、優しく、居心地がよくて、機転が利く。そして共寝も満足できるとは、よほどの女性であろうと、元親に迫り尋ねます。

話していくとしだいに、紫苑の方らしいとわかってきます。まさかまさかと思いながら、

「えっ、あの女を妻にしたのか」と業平の心は揺れます。

元親にとっての紫苑の方とは、歳の差もあり、都での生活で教養もセンスも身につけて、洗練され、美しい女性になって長岡に帰ってきたのですから、愛おしいかぎりです。幸せを感じたはずです。

元親の心を虜にしている紫苑の方は、業平が恋して通って行ったことは何一つおくびにも出していません。業平は溜息をつきます。紫苑の方のすごいところです。

「夫、元親の主人である業平様は、私が都にいたときに、足しげく通ってみえました。ずいぶん強く誘われました」

と言ってしまったら、それは興ざめなこと。元親を苦しめるだけでしょう。沈黙を保っているのは、紫苑の方が賢い女だという証です。

業平は、紫苑の方の聡明さに「俺の見立ては間違ってなかった。いい女だった、立派な女だった」とあらためて思うのです。

紫苑の方を口説いたものの、その後はほったらかして、最後まで面倒を見ようとしなかったのだから、身分はともかく、元親のほうがずっと人間的に素晴らしかったことにもなります。業平はそこに忸怩《じくじ》たる思いもあるし、それほどのいい女になったのであれば、今一度姿を見て、声を聞きたいとも思います。

好色な男であれば、自分に見せた姿と夫の元親に見せている姿はどのくらい違うのだろうと、想像をふくらませたりもします。

元親に、ほかの女などいらないと言わせるほどに成長した紫苑の方。業平はやられたと思いました。

鼬だのなんだのと、からかわれ気味に上手に拒まれたけれど、多分、元親にはもっと素直に、紫苑の方らしさを見せたのではないか。そうさせた元親は、自分となにが違うのだろう。

いろいろ想像したに違いありません。

業平が知っている紫苑の方とは違う面を、元親は知っている。そう考えて嫉妬もしたのではないでしょうか。

自分は、紫苑の方のことを何も知らなかった、わかろうともしていなかった。

失ってからわかることは、たくさんあります。

紫苑の方が魅力的な女姓だとわかったときは、二度と触れることの叶わない人妻になっていたのです。しかも自分に仕える元親の妻にです。だから余計に忘れられない。

そう思いながらも業平は、紫苑の方の天性の素養を見出したのは、ほかならぬ自分であるという自負心はあったはずです。そんな自負心しか、自分を支えるものがない。

業平の屈折した矜持と自信、自虐と無念にくらべて、元親は単純真っ直ぐに、幸福です。

四、和琴《わごん》の方――心の弱い方への寄り添い

ものに感情をぶつける姿は醜い

和琴の方は正式に業平の妻になり、子どもも産みますが、夫はなかなか通ってきません。自分の気持ちを素直に表現できない女です。

藤原良房の妹順子《のぶこ》の所生《しょせい》である道康親王が立太子し、道康親王と紀氏の血筋の静子《しずこ》との間に惟喬《これたか》親王が産まれ、妹の恬子《やすこ》内親王も産まれます。

業平は紀氏と縁《えにし》を結ぶことになりました。業平、二十歳。

静子の兄、紀有常《きのありつね》は凡庸な人です。人と争わず、策略的なことをしない誠実な人です。つましく生きて目立ちません。都では能力のない貴族と受け取られていました。

有常は業平に、娘を妻にしてほしいと文を送ります。業平は有り難い気持ちで邸を訪れま

す。この娘が和琴の方なのです。

太りぎみの大きな体の女性でした。扇で隠した顔もはみ出しそうです。才気もありません。和琴を弾く音は、カタカタと耳ざわりで、滑らかな曲とは言えず、聴くのが耐えがたく、業平は手を打って止めさせます。

断れない業平も、優柔不断です。後々も義理人情に厚く、頼まれれば断れない場面が、いろいろ出てきます。

この、断れない性格は、業平をとらえるのに重要なポイントです。

和琴の方の元に業平は三日通い、三日夜餅《みかよもち》も食べて正式な妻にします。正式な妻と言っても一夫一婦制ではないので、他に通い所があってもかまいません。

業平は妻にしたものの、どうもぴんときませんでした。和琴の方は父親の有常に似て、凡庸、あえて言えば、鈍重なのです。

また紫苑の方と時期が重なっていましたから、どうしても較べてしまいます。

丁々発止のやり取りができる紫苑の方と、体が大きく凡庸な和琴の方。正反対とも言えるへだたりがあります。紫苑の方は頭がよく、心も強い人です。会話も弾み面白い。業平が口説いても、うまく逃げられてしまう。応えてもらえなくて、余計に想いも募りました。

業平を拒み、自らの判断で夫を選んだ紫苑の方に対して、父親に夫となる人をまかせ、業平の妻になるのをどう思っているのかも解らないのが和琴の方。すべてが対照的です。

あの当時でも、自分で自分の人生を選ぶ女性のほうが、魅力的だったと思います。

紫苑の方に夢中だったときに有常から娘を頼まれ、義理人情から妻にしていますので、どうにも気持ちが掻き立てられません。和琴の方と共寝をするものの、業平は安らぐこともなく帰ってきます。文を書きますが、気持ちのこもったものにはなりません。それでも再び訪れることを伝えてはいます。業平の優しさからです。

業平が昼間、和琴の方を訪ねて、遠くから見ると、盥《たらい》に水を張って顔を洗っているところでした。

業平に気づいて、怒りのままに盥の上に載せた貫簀《ぬきす》を取って捨てました。業平の気持ちが自分にないこと、ちっとも訪れてくれないことにイライラして、手元の物に感情をぶつけてしまったのです。嫉妬心からいたたまれずにやってしまったことですが、見苦しい行動です。

和琴の方は、自分ほど恋をして苦しむ人はいないと思いながら盥の水を覗くと、もう一人、同じ苦しみの顔があったという内容の歌を、業平に聞こえるように、詠んでみせます。

「哀れ」を表現すれば心が動く

業平は、「水の底に泣いているあなたが映っています。その注ぎ口には私の姿も映ってはいませんか。田の水口にいる蛙さえも雄雌で声を合わせて鳴くものです。私も泣いていますよ。なぜあなたは自分が愛されないことを、哀しみで表現しないのですか？　哀しみを伝えてくれるのなら、私の心も動くのに、恨みには応じられません」という気持ちを、歌で伝えています。

男の勝手かもしれないけれど、恨みしか伝わらないのでは、和琴の方の元に帰る気持ちにはなれません。

女性は男性の訪れがなくなったときに、どのような態度をとるのがいいのでしょうか。これは通い婚の時代の女たちにとって、大きいテーマでした。恋仲になっても、いつ離《か》れるかわからないのです。そしてこのテーマは、いい女かどうかの分かれ道でもありました。

いつまでも、男が来てちやほやするわけではありません。心が離れたときに、心を取り戻すには、どうすれば良いのでしょう。

強がらず、哀しみを素直に伝えるのが最良の方法だと思いますが、当時も今も、なかなか難しいこと。素直になるには、自信と潔さが必要ですから。

素直になるなどと簡単に言いますが、まず強くなければ無理だし、捨て身の勇気も必要なのです。

強がるのではなく、強くなる。

けれどそれをやってのければ、かなり美しい姿となるのは間違いありません。

平安の時代は、歌というツールがありました。

素直な気持ちを歌に詠み込めば、歌によって引き戻される関係もあります。ああいうことかな、きっとこうだなと、歌を読み解くことで、情緒も刺激されます。

「あなたをこんなにも恋しく思っているのに。今はあなたの心が離れてしまい、私の想いは募るばかりで、辛く苦しい。そして哀しい」

と真情を詠み込めば、和琴の方の愛情深さに、業平の気持ちも変わったかもしれません。

情深い業平ですから、あらためて通ってきたかもしれません。外見だけではない良さも、きっと見つかったはず。

こうなると、平安時代の歌の才は、生きて行く力になりますね。

私たちの日常にも、このようなことはたくさんあります。あのときあんなに愛し合ったのに、今や冷めてしまった。恋愛して結婚したのに、配偶者に不満ばかりが募るなど、いろいろ感じている人は多いでしょう。男女のことには定理も法則もありません。先例に学ぶにしても、先例もさまざまです。

はっきりしているのは、時間の経過とともに男女の気持ちは変わるということ。不満がたまってくると、人間はだれしも優しくなれません。イライラしますし、笑顔も減ります。自分の感情のままに何か物を壊してしまうとか、怒りや恨みを行動や言葉で相手にぶつけたり。これでは和琴の方と何が違うでしょう。

こうなると負の連鎖が始まり、売り言葉に買い言葉となってエキサイトしていきます。「言い過ぎました。ごめんなさい」が互いに言えなくなり、素直どころではなくなってしまいます。どちらも引き下がらず、喧嘩が続き、毎日が暗く辛いものになってしまう。

さてさて。何か良いアイデアはないものか。

平安時代には、恨みつらみを、歌にして届けることができたのに、現代ではそんな雅《みやび》なツールなどない。

と諦めるのは早い。歌は無理でも、あの時代の歌に代わる別の方法があれば良いのです。それは何でしょう。歌は歌でも、鼻歌ならなんとか可能です。ぶすくれていないで、声を出すと何かがほぐれます。自分の気分も変わります。煮詰めないで、ほぐす方向が良策。

平安の女たちには、一夫一婦制度の安心立命はなかった。男性を所有することもできなかったし、嫉妬や哀しみも今より大きく切実でした。

けれど男女のあいだには、和歌というやわらかなクッションがありました。言葉を使いこなす能力は、日々、身を扶《たす》けたのです。

容姿コンプレックスは素直な気持ちで撥《は》ね除ける

父親の庇護の下《もと》、和琴の方は世間知らずのまま結婚して子どもを産んでいます。男性には誠実に扱われるものだと信じて疑わなかったでしょう。

業平は和琴の方に子どもが産まれたのを、ずっとあとになって知ります。いきなり自分の子どもと対面するのです。

子どもが産まれれば、通常は産養《うぶやしな》いの儀式など行いますが、きっとそれも、業平には知らされなかった。このあたりも、和琴の方に別の男性がいたのでは、などの憶測を呼ぶ原因になったのかもしれません。

いずれにしても容姿のコンプレックスがじゃまして、素直になれなかった。卑屈になって恨みの気持ちに振り回されたと思われます。そう考えると、別の男性がいたなどの噂も真偽はわからず、意図的に流された噂かもしれない。

どんな人でも、自分を恨んでいる人を愛する気持ちにはなれない。マイナスの感情は、マイナスの対応を運んできます。

心を掛けてもらえない、訪れがないという苦悩を自力で払いのけていくのは、なかなか大変なことでした。

現代でも、このことは夫婦、恋人、親のみならず、人間関係に言える大きなポイントです。誰でも恨み辛みをぶつけられるといい気持ちにはなりません。相手を思う気持ちがあれば一呼吸おいて、踏みとどまって、怒りや恨みを落ち着かせることもできますが、男女の関係はいろいろな要素が絡んでいるので、難しいですね。

和琴の方とのことでは、業平も良くない。そもそも有常に頼まれても、婚姻を踏みとどまれば良かった。

紫苑の方のはつらつとした才気に焦がれ、妻をほうっておいたのですから。有常に頼まれて受けたのなら責任を持ちなさいよ、と言いたくなります。有常邸を訪ねても、西の対で有常を待つことはあっても、和琴の方と逢うのを避けてしまう。それを知れば、和琴の方もいよいよ頑なになっていきます。

恋は思うに任せぬことばかり

業平に限らず、男の性というのは、かなり無責任なものです。とりわけ通い婚となると、現代のモラルでは測れない。

「東下り」のあちこちで、一行の男たちは地元の女たちに招き入れられる。ときには親から頼まれて、共寝をすることもありました。

都の貴人たちは、都人というだけで大変な人気。地方の豪族たちも、都から赴任した要人と現地の女とのあいだにできた子どもだったりするのです。

それだけ都と鄙《ひな》の落差は大きかった。もちろん、女たちの教養や洗練度は、言葉にも態度にも歌にも、違いが出ました。業平一行は、鄙の女を低く見ながらも好き放題に共寝をしていたようで、それが許されていた時代でした。

ところが、そうであっても恋は恋。鄙の女に取り巻かれれば取り巻かれるだけ、都の女が良く見える。

想像するに、当時の男たち、いや女たちも、今とは違う起動装置のようなものがあったのではと思います。そこに触れれば、スイッチが入る、というような。

男性にとってはまず、女性の長い髪、それも触れば滑らかでボリュームたっぷりの髪。また衣にたきこめた香りや衣擦れの音など。

このあたりが都には在るけれど鄙には無いものだったようです。

男性の性は不安定ですが、案外胸の中の錘《おもり》は、不動であったりします。とりわけ業平のような情の人は、女に不自由しないだけに、心の中のランキングは動かなかったのではないでしょうか。

さて和琴の方との辛い関係ですが、偶然が和解への道を生みました。

業平は、恬子《やすこ》内親王が内裏の母上のところへ来られていると聞いて訪ねて行ったところ、たまたま淑景舎《しげいしゃ》の庭で和琴の方を見かけます。山吹を手折《たお》っていました。噂では通ってくる男性がいると聞いていましたが、業平が離れた後、それも無理はないと思います。業平には嫉妬心のかけらもありません。つまり、男として何の思いもないのです。

「山吹は実がならない花だけれど」

と業平が言うと、

「実のなる花もあります」

と和琴の方が言葉を返します。

「たわわに実れば枝が折れます」

と謎めいたことを言われ、業平は子どもが産まれたことを知ります。しなることはあっても折れることのない山吹が折れるほどの大事《おおごと》とは。

和琴の方が以前、詠んだ歌を思い出しました。

天雲のよそにも人のなりゆくか
　さすがに目には見ゆるものから

空の雲のように遠く行ってしまわれた。空に浮かぶ雲は、私の目にも見えます。どんなに遠く高くても、あなたも私の目には見えています。契りを交わし夫婦になったというのに。

女性のところに通う業平の姿を垣間見る和琴の方の辛い気持ちを詠嘆した歌。それを以前の業平は、嫌みや恨みと受け止めました。

業平が返した歌にも、責め返している気持ちが表れていました。

天雲のよそにのみしてふることは
　我《わ》が居る山の風はやみなり

空の雲のように、あなたから遠く離れたところで日々、過ごしているのは、私は落ち着きたいのに、山の風があまりにも激しく速いからです。穏やかであれば、このような日々にはならないでしょう。

二人は気持ちが合うことなく夫婦となり、子どもが産まれました。形は整っているのに、大事にされないための哀しみは大変なものだったと、業平も想像します。

業平は自分がほかの女性に恋い焦がれ、和琴の方の立場になって考えることもなく過ごした日々を思います。いまや女性としてではなく、子どもの母親としてですが、あらためて有り難いと思うのです。

昔を恨まないでください。山吹は美しいけれど、今では山吹が恥じるほどの良いお姿です、と業平は讃えます。

和琴の方はやわらいだ表情で、山吹を一輪、差し出しました。赦しあう兆しです。

業平が和琴の方を見なおし、優しい気持ちになったきっかけは、山吹の花でした。花は咲けども実のならぬ山吹。黄金色の、花の哀しみ。それを踏まえての問答に、業平は「雅《みやび》」を覚えたのではないでしょうか。

辛い経験を、雅に対応する

この時代もいまも、期待すればするほど、叶わないときの恨みは大きくなります。頭ではわかっていても納得しないと和琴の方のように行動に出てしまうもの。

和琴の方だけでなく、この時代の女性の多くは、男性の訪れを待つ受け身でしたから、自意識が育てば苦しみも増えました。

そこで再び、「雅」とは何か、となります。

私はギシギシと相手を追い詰め、白黒や正邪を決めない余裕、ではないかと先に書きました。つまり「雅」は平安文化のキーワードであると同時に、現実的に、男女や婚姻関係においても、身を処す方法になったと思います。

平安の男女で言えば、ともかく現代と違い、様々な意味で距離がありました。二十四時間を狭い家で寝食を共にする、という関係ではなく、つねに家人や女たちが近くにいましたし、直接の意思表示は、よほどの関係になってからのことでした。

例えば和琴の方の父、有常の妻は、凡庸な夫の甲斐性なしぶりを見限ってか、あるとき出家をしています。

「伊勢物語」では、出家は多くはありませんが、百年後の「源氏物語」の女たちは、よく出家をします。

社会構造として、出家というシステムが出来上がっていったと思われます。出家というのは、現世のしがらみを捨てて逃げ出すことです。有常の妻などその典型です。

出家を、雅の座標軸に照らせばどうなるのでしょう。

私は、ある種の雅な行為として認知され、受け入れられていたのではと考えます。

先にも書きましたが、ギシギシ相手を追い詰めたり、白黒正邪を決めない、という意味では、まさに現実から離れる、現世から逃げ出すのが出家。当然賑やかだった身辺の人や物や交友を断ち、一般的には山奥へ入り、シンプルに暮らすのですから、あらゆるものと距離を置くという、雅の本質に叶っています。

平安文芸に描かれている出家は、やはりある程度の文化度がある階層の、「ぎりぎりの自己実現」であったと思われます。

現代でも夫が浮気したり、気持ちが他に移れば、妻は傷つきます。妻の気持ちに悩む夫も多いと聞いています。どうして大事にしてもらえないのか、なぜ理解してもらえないのかと、心は穏やかではありません。

夫や恋人と良好な関係を続ける、決定的な秘訣などありませんが、もし平安の文化に学ぶものがあるとすれば、雅なる出家も、ひとつの方法かと思います。

ただし、本当に家を出るのではなく、精神的にです。

自分を取り巻く面倒から、身ひとつを剝ぎ取り、隠遁する。仏前に手を合わす行為を言うのではなく、何か無心になれるものを見つけて没入し、心穏やかな一時を過ごす。あらゆるものから距離を置いたひとときを持つ。そして時間を稼ぐ。

和琴の方と業平の和解を見るとよくわかりますが、業平が和琴の方から遠のいた後、ずいぶん時間が経ってから優しくなっています。

どうしようもないものを、急ぎどうにかしようとして無理するのではなく、恨まず怒らず、ともかく離れる。それを現代の出家と呼んでみてはどうでしょう。

第三章

禁じられた恋、
そして和歌を広める同志へ

住吉如慶「伊勢物語絵巻」(部分、「六段」) 東京国立博物館蔵
Image：TNM Image Archives

一、藤原高子《たかいこ》——禁じられた恋、深い愛情

本心からのものしか要らない

業平が生涯で最も愛した女性が高子です。高子は清和天皇の女御、陽成《ようぜい》天皇の母親です。最終的にはサロンの女王的な存在として「古今和歌集」の歌人たちを育てています。

二人の出会いから見ていきます。

高子は父親を十四歳で亡くしたものの、やがて内裏に入れば、東宮妃になる人です。貞観元年十一月の大嘗祭で、五節舞《ごせちのまい》の一人として兄の基経《もとつね》の養父・藤原良房《よしふさ》により奉仕させられました。これは大変名誉なことです。五節舞で堂々と舞う高子を業平も見ています。ただならぬ雰囲気を持っていると評判になります。

多くの人は天皇の前に立つと緊張するのに、臆することなく、赤色の装束の袖を大きく広げて、羽ばたくように舞って、扇の長い飾りを誇らしげに宙に泳がせた姿は挑戦的でした。

それを見た天皇がのけ反るほど見事な舞だったのです。天皇の目にかなえば、燕寝《えんしん》、つまり天子の居室に上がることが叶います。

業平が高子と出会ったきっかけは、業平の母親の病にありました。業平の母親である伊都《いず》内親王は物の怪の憑依《ひょうい》で体調が悪く、祈禱師も簡単に退治できず、弱っていました。

業平の祖父・平城天皇に仕えた坂上田村麻呂《さかのうえのたむらまろ》は平城天皇に反旗を翻し、父の阿保親王もそれにより大変な目に遭います、田村麻呂は嵯峨天皇に気に入られ、清水寺の開山に関わった勇者でもあります。

すでに田村麻呂は亡くなっていますが、平城天皇や阿保親王へのお詫び心で、伊都内親王を鬼から護ってくれるのではないかと思い、業平は清水寺にお参りに行くことにしました。

牛車で清水寺に向かいます。

清水寺は姫君や女房たちがお参りするので、衣裳も艶《あで》やかな女性たちの車が並ぶと聞き、それも業平の好色《すき》心を刺激します。

途中の邸から、八葉車《はちようのくるま》が出てきました。その後に業平の車が続きます。御簾の下から高貴な方が着る紅色の裳裾《もすそ》が出ています。藤原高子の車でした。

高子と初めて出会った清水詣で、参詣の順番を待って車が隣り合わせたときに、業平は御簾越しに話しかけます。

「いずれ文など言付けますすよ」

と言うと、

「そのようなものは要りませぬ。わたくしが欲しいものは、かたちばかりの文ではありませぬ。真心《まこと》無くても、いかようにも言葉は操れます」

と言い切ります。

高子は月並みに歌を詠んでやりとりする儀礼的なことでは満足しない女でした。言葉だけ整ったものは要りません。文や歌は本心ではなくても、いくらでも書いて贈れます。中身のある心のこもったものしか要りませんと、突っぱねるのです。

若い娘にしては強い意志というか気性が激しい。

言葉の達人であると自認する業平は、このように言われて強く刺激されます。気の強い女に、奮い立ちます。

「まいったなぁ、すごいところをついてきた。なんという女性なのか」

高子は本質的なものを求めていました。

牛車の中でのやり取りも、まったく寄り添う素振りを見せません。

業平が田村麻呂を好まないと言えば、高子は好んでいると言います。小生意気で怯えたところなどもありませんが、参詣する後ろ姿は、小袿《こうちぎ》の裾に手を添えてゆっくりと歩き、いかにも優雅でしなやか、外見からは芯の強さなど見えませんでした。

他の姫君たちとは、違う御方だ。

業平は惹かれます。

真の気持ちを表現する言葉探し

高子はいろいろなことに挑戦したいという気持ちを持っていました。立場と時代からできないことが多いけれど、叶うことなら何でもしてみたい性分。

好奇心旺盛で、

「都を馬で駆けてみたい」

などと口にします。

業平はいつかその願いを叶えると、約束してしまいます。

その約束は、たしかに果たされます。けれどその約束を果たした夜が、二人の別れになるのですが、それはまたあらためて。

ともかく、牛車の御簾越しにですが、出会ってしまった二人です。

清水寺の観音様が二人を出会わせてくれたと業平は、都合良く受け止めて、寝ても覚めても高子のことばかり考えるようになります。恋をして苦しい思いを歌に詠みたいものの、高子から言葉では何とでも書けると言われているので、贈りたいのに贈れません。最も得意なことを封じられて悶々。けれど言葉ではどんな嘘でもつける、というのも真実。業平自身、よく知っています。

両手を縛られて泳げ、と言われているようなものですね。

業平の思いは積もりに積もっていきます。自分の気持ちをどのように表現するのが一番良いかと、自らの心を見つめます。素直な気持ちを表現するために言葉を選びます。

この作業は、業平にとって、恋心を鎮めるにはいい方法でした。気持ちをふるいにかけ、素直な真の言葉だけを探します。

わが袖は草の庵《いほり》にあらねども
暮るれば露の宿りなりけり

私の袖は草の庵ではありませんが、まるで草の庵のように、陽が暮れてくると露の宿り所となり、涙で濡れてしまうのです。あなたへの叶わない思いのために。

と歌を贈りました。

さざ波が立っていた気持ちが自分の中から消えていき、いくらか安らかになります。そうなれば、高子に固執することもなく、ほかの女性のところへも行けるのです。

女性には理解しがたいですが、それが男というもの。

自分の中の本心を探している業平は、実際には涙で袖を濡らしてなどいないと気づきます。涙よりも深い思いなのですが、歌に詠むとわが袖に露、となってしまいます。

誰もが使っている言い回しですが、わが袖に露、で片付けてしまえるほど、皆同じではない。

形ばかりのものはいらない、言葉はどのようにでも操れる、という高子の言葉が、いよいよ頭から離れなくなりました。昔の歌を引いて教養を示すのもあざとく、これみよがしな振るまいに思えてきます。

うまく進まない恋に悩みますが、歌人としてはこのとき、自分の来し方を疑うという試練と試行錯誤の中で、実は大事な経験をしたのではないでしょうか。

悪戦苦闘こそ、歌人を成長させたのだと思います。

思うにまかせぬ恋

業平は密かに訪れ、話をするだけで、妻戸より中に入ることを控えるという口約束のもと、高子に会うのを許されました。

高子に会えると思うと気持ちは高揚し、身を揺さぶられる思いがします。世の中のすべてが明るくひらけ、苦しみも望みに変わる気持ちになり、いよいよ高子に恋い焦がれます。

恋をするといいことばかりではなく、哀しいこと、憂きことがたくさん出てきます。思い通りにならないことが、増えるのです。それを何とかしたいと足掻く時、自分のみっともない一面や恥多き姿が、誰よりも見えてきて落ち込みます。恋さえしなければ、見なくてすむ自分の姿。相手が思うようにならない状況だけでなく、不安に駆られる自らの醜態にも耐えねばならない。これが「思うにまかせぬ恋」の実体。

すんなり手に入る恋は興がないのも業平は知っています。手に入れたあげく飽きるのも知っています。恋に翻弄され、心細さを越えると、味わい深い恋になるのも知っています。すべて知っているのにやはり苦しい。何をどう考えても落ち着きません。

高子のところを訪れても、妻戸の向こうには御簾と几帳が立ててあり、妻戸は片側しか開けられていないのです。香の匂いが漂い、業平は気持ちを昂ぶらせます。

含み笑いがいかにも愛らしく、御簾の中を見たくてたまらない業平。

業平が贈った「葎《むぐら》の宿で共寝したいものだ」という歌が高子の心を動かしたのがわかります。高貴な方は生涯見ない、見ることもできないものに心を奪われるもの。

高子は歌の上句だけを書き贈って、下の句は業平に預けてみせたりします。すべてを見せず、余韻を残すのが上手でした。

梅の花の香を焚きしめた紙に、昔の歌を上の句だけ書いて渡すのです。

「梅の花香をかぐはしみ遠けども」と。

梅の花の香りは遠くまで届きますが、と。

「心もしのに君をしぞ思ふ」と続くのを試したかのようでした。

「その香りのせいで、心がくずおれるようにお慕いしてしまうのです。気持ちを、推測してください」という意味。

歌に造詣の深い業平が相手だからこそ、高子は彼だけに通じる暗号として、古歌の上の句だけを書きます。

万が一、誰かに上の句を書いた扇を見られても、よほどの歌の素養がなければ、本当に意味する内容は気づかれません。つまり、禁じられた危険な忍ぶ恋を、こうして秘密のうちに、歌で共有したのです。

このような行為が、二人の気持ちをますます高揚させ、深めていきます。

この時代は筆跡も教養を表していました。高子は崩した文字を流れるように書きます。見事です。若いころの文は、ぎこちなく、子どもっぽさがあったけれど、文字からも成長と成熟がわかります。

その崩し字の上を流れる、連綿とした情は、男に色香を伝えています。まるで清らかな陰《ほと》を思わせるほどのふっくらとしたなめらかさ。つまり字面からまさに、女性の秘所を思わせるような柔らかさを感じ取るのでした。

このあたりの感覚、現代人には解りにくい。五感が違う。けれど男女間でやり取りする文字面は、他になければまさしく性的であり、身体に直結する刺激になったとしても、不思議ではなかったと思います。

高子の文字は、女としての成熟を如実に見せていました。文字だけではなく、梅の香を焚きしめた紙に書いた文や歌は、高子の教養と心遣いと、女性の魅力を、余すところなく伝えていたのです。

旅にも鄙《ひな》の暮らしにも好奇心を持つ

お姫様で高貴な位に産まれているにもかかわらず、鄙のことにも関心を持っていました。業平に旅の話を聞かせてくださいと頼みます。布引の滝などの男たちの旅にも興味を示しています。「海人《あま》」とか「鄙」などの、実際には高貴な人とは無縁なものさえ、高子は歌に詠む力がありました。

恋ひわびぬ海人の刈る藻に宿るてふ
我から身をもくだきつるかな

海人というのは鄙の代表でした。その海人の刈った藻に住んでいるという割殻虫《われから》のように、誰でもなく、自らの身を砕く苦しさをわかっていただけますか。なんとも苦しく、痛い歌です。

この歌に続けて、業平がひじき藻と一緒に歌を贈ります。

思ひあらばむぐらの宿に寝もしなん
ひしきものには袖をしつつも

愛情があるのなら、葎が生えているようなひどい住まいでも共寝はできます。そのときは、ひじき藻の言葉どおり、互いの袖を敷物にしましょう。

貧しい葎の宿には一生寝ることもない高子だけれど、それを仮定して話ができるのは高貴な方だからこそです。真意を読みとってもらえると思って業平は歌にしたのです。

視野も気持ちも狭い、つまらない女だったら、目に見える範囲の都の話しかできませんが、高子には通じるのです。知識や学問としてではなく、手触りを知っている。知らないはずなのに、知っている。

「葎の宿」や「海人の刈る藻」「割殻虫」などという鄙を表す言葉に、高子が惹きつけられたのも、古の歌に詠まれていたからです。

高い身分の高子には縁のない鄙の世界が、古の歌を通してロマンチックなものに変わるのを、業平は鋭く察知していました。言葉に実体を与える、不思議な力を感じます。

旅の話を聞きたいと言う高子に、「旅にお連れします。旅のお供をします」と業平は言い切ってしまいました。

業平の本心です。この旅は高子が経験できないような、馬に乗っての近隣の旅を意味するのではなく、境遇からの脱出を暗示しています。

まさに「芥川」の段を想像させます。

歌の力は恋の成就に必須

女たちは、わざと拒んだり、駆け引きしたり、女房の手びきで成就したりと、さまざまテクニックがあります。男心をそそり、ときには拒み、恋の興趣を盛り上げるものだと業平は思っていました。

しかし高子には一般論が当てはまりません。「女とは、こういうものでしょ?」と思っていた範疇に、入らないものを持っています。そこに業平は強く惹かれていきます。

高子は若いころは従順で、しきたりを重んじていました。そのように育てられています。けれどそこから高子は、急成長していきました。

業平は手に入らないまま、権力に連れ去られた高子を恋こがれ、いつも会っていた五条の后邸の西の対にて、梅の香の中で趣深い歌を詠んでいます。

業平の、切ない思いが、これほど真っ直ぐ詠まれた歌はないでしょう。

月やあらぬ春や昔の春ならぬ
　わが身ひとつはもとの身にして

この月はいつかの月とは違うのですか。この春は去年の春とは違うのですか。何も変わらぬ月や春のはずなのに、私の身だけが元のまま想い続けているせいで、月や春さえも昔とは違ったように思えてしまうのです。

この有名な歌が生まれたのです。

業平は追いかけます。内裏のうちや、里帰りした先の五条の邸へ。

忘れ草生ふる野辺とは見るらめど
　こは偲ぶなり後もたのまん

私を忘れ草が生えている野辺のようなものとみなされるから、すぐに忘れてしまうのだとお思いでしょうか。これは忘れ草ではなく、偲《しの》ぶ草です。私はあなたを偲んでばかりいます。この後も今までのようにお会いできるように願っているのです。

使いの近江の方が手引きして、ようやく夜更けに会うことが許されます。歌の力は恋の成就には必須です。業平と高子の逢瀬は内密に行われました。

共寝のときに見えた高子の袿の赤は、天皇から特別に許された色です。これより中には入ってはいけないという柵の意味を感じます。

それを思うと業平の身はさらに熱くなります。激しく求めてしまうのは、たとえ天皇でも譲りたくない闘争心、天皇から勝ち取りたい競争心、天皇に気持ちが傾いているのではないかという嫉妬心、自分のものにしたい所有欲が絡み合った複雑な気持ちからです。

夜の逢瀬《おうせ》も増え、昼間も高子のところを訪れるようになります。業平が身を滅ぼすようなことにもなりかねないと高子に言われますが、業平はこの恋を手放すなど考えられませんでした。

高子に強く懸想していましたが、もう一方で、兄の基経、良房への穏やかではない気持ちもあって、引き下がれなくなっていきます。業平は高子のところに通い続け、その噂が基経や良房の耳に届きます。

業平は宿直《とのい》という官人としての役目がありました。内裏に夜の間ずっと勤務しなければなりません。それを抜け出して、高子に逢いに行くほどの執心。

しだいに業平は天皇であっても高子を譲れない心地になっていきます。我が身を冷静に眺める余裕は、なくなってしまいます。

思いが重なっていき、ついには無償の域へと辿り着きます。

自分のものにしたいという所有欲から、高子が幸せであればいいという心地にまでなるのです。

血筋も、天皇の妃へと上る立場も関係のない、一人の寂しい女人が、私の腕の中にいる。

業平は高子と別れなければ彼女も不幸になると思いますが断ち切れません。陰陽師や巫女に祓ってもらいますが。御手洗川《みたらし》で禊《みそ》ぎをしたものの恋しさは変わらず、夜ごと、温かい肌を求めてしまいます。

業平は身を持て余します。このままではどうにもならない。高子も絶ち切れない思いに苦悩していました。

芥川の出来事が高子と業平の分岐点

若いころから強い意志を持っていた高子も、結局は恋に殉じて業平と出奔します。二人とも決死の覚悟でした。

業平は身を滅ぼしても高子と共にいたい、との思いに逆らえなくなりました。思いを押し重ねていくと、ことは叶うと、どこかで思い込んでもいたのです。

業平は嵐の夜、高子を連れ出します。芥川、現在の京都と大阪の府境にある川を越えて、阿保親王の眠る芦屋の領地まで行けば、どうにかなる。

ところが芥川で、高子の兄の基経たちに連れ戻されます。

この場面は、「伊勢物語」では「鬼一口」と呼ばれている有名な章段で、雨嵐の中、あばらやにかくまったつもりの高子が、気がつけば鬼に一口で食べられてしまっていた、となっています。

むろん、鬼というのは、追っ手の兄たちのこと。

その手前で引いていれば、何とかことは穏やかにすんだかもしれませんが、兄たちの掌中の珠である高子を攫《さら》い逃げたのですから、業平もここまで。

自らを「用なき者」つまり何の取り柄もない人間だと思いなし、挫折の極みを味わいます。芥川での出来事は高子の人生の分岐点になっただけではなく、業平にとっても分岐点でした。この世から、転げ落ちるばかりの失意。

業平はそれまで、挫折らしい挫折を味わっていません。いい女たちにも恵まれてきました。たくさんの恋をしたと言っても、心をかき乱されるような苦しみは味わってきませんでした。

高子を命がけでなんとかしようとしたものの、何の役にも立たない人間だと認識して、ひどく打ちひしがれます。

けれど歌人としての成長は、ここから始まったのではないでしょうか。

権力の凄まじさというものをまざまざと感じたあと、残されたのは文芸、歌のみ。高子は業平の手が届かないところに行ってしまい、有頂天になっていた恋路は絶たれ、力ずくで離されてしまう恋もあることを実感して、改めて傷つき、痛みを覚えました。

高子の分岐点も、劇的なものでした。

恋を捨てた高子は、覚悟をします。

宮中に入ったからには天皇の子どもを産む。天皇の子を産めば、誰にも邪魔されない人生を送ることができる。

覚悟を決めたのです。決めたら揺らがないのが高子という女性。

兄たちが自分を出世の道具に使うのなら、その道具となって、兄たちを見下してやりましょう。

いったん地獄の底を見た高子は、もう怖いものはないのです。力でねじ曲げられた人生なら、それ以上の力を身につけるまでのこと。

高子はそれを実行し、内裏に上がり天皇の子を産み、最高の地位を得ます。

業平は歌人として、高子は国母《こくも》として生き直したのです。

やがて二人は再会し、高子は和歌を後々の世まで守って伝えられるように、歌人業平をバックアップします。業平との叶わなかった恋が、和歌の文化を作り上げたのではないかと、私は思います。

高子は自らの境遇や運命を受け入れることこそ、業平を助けることになると思ったに違いありません。ふたたび高子が業平のところに走り込めば、権力は遠慮会釈なく、業平を島流しにしたでしょう。そういう時代です。そうなれば業平を助けることもできず、ともに顔を合わせ、歌を詠むこともかなわないことになる。

自分の運命を受け入れて、天皇の子どもを産む。そうすれば、業平の立場を護ることもできます。

高子は、ひとつを諦めた代わりに、別のものを手に入れる強さがありました。宿命に翻弄されるのではなくて、その定《さだめ》を受け入れて、おおいに利用していきます。

兄たちに従うのはネガティブなことではなく、長い目でみるとためになると考え方を切り替えます。

潔い高子。迷うことなく邁進しました。判断力もあり、切り替えが早い人だったと思います。

業平は高子と逃避行した後、殺されることはありませんでした。一方で、何もなかったかのように高子は内裏に入りました。

穏便にすんだのも、業平が歌上手であったため、そこまでしなくてもと思わせるものが、あったのではないでしょうか。

高子の内裏入りは二十五歳、天皇は八歳年下の清和帝。才女である高子にとって、歳の離れた清和帝は、業平の情の深さと熱さにくらべれば、物足りなかったのではないでしょうか。けれどそれは、高子にとって、好都合であったとも思われます。

東下りで頭を冷やす

その後、業平は東下りに出て行きます。そこで歌人としての業平が作られていったと言えば、言い過ぎでしょうか。

旅と恋は人間を育てると申します。

道中、権力によってさんざんおとしめられた人間にしか見つけられない美や心を、歌に詠みます。業平の文学上の深化功績です。その後の「方丈記」の鴨長明や「徒然草」の吉田兼好、松尾芭蕉につながっていきます。わびさびの世界にもつながります。

地方の粗野な文化や現実も、目にしました。鄙の姿も、教養としてではなく、実際に見てさまざまな思いを持ったのではないでしょうか。

高子のことはいつも、胸の底に沈んでいたでしょう。

「我が形見　見つつ偲《しの》ばせあらたまの」

下に続くのは、「年の緒長く我《あ》れも思はむ」。

昔の歌を引きながら、「私の形見として持っていてください。そして私を想ってくださ
い。私もまた、長く何年も想い続けます」という歌が書かれた扇も、肌身に着けていたので
はないでしょうか。

古の歌の半分を相手に渡して余韻を残すのが、高子らしい詠みかけ方。命なき後まで、言
葉は生き続けることを高子は信じていましたから。

から衣きつつなれにし妻しあれば
はるばる来ぬる旅をしぞ思ふ

筒井つの井筒にかけしまろがたけ
過ぎにけらしな妹《いも》見ざるまに

名にしおはばいざ言《こと》とはむみやこ鳥
　わが思ふ人はありやなしやと

これらの、今も私たちがよく知る歌は、この旅で詠まれました。二番目の、筒井つの井筒に、の歌は、「源氏物語」の雨夜の品定めの手法をいただき、旅のつれづれ語りとして、私の独断で入れさせてもらいました。

歌人業平の始まり

都に戻った業平、高子の花の宴で高子と再会します。

芥川の嵐の一夜から、長い月日が経ったとはいえ、業平の気持ちは昂ぶります。

過去のことは、それぞれの胸の内にのみあり、二人よりほか、心中を知る人はいません。

業平は芥川の夜以来、歌の世界に生きています。失う哀しみの中、用なき者として死に、歌人業平として生き返ったのです。

千年の後世まで歌を残そうと思います。

御簾の中の高子に「お懐かしうございます」と声を掛けられ、複雑な思いが極まります。お懐かしい、とはどの時のどの場面のことか。あれもこれもと、走馬燈のように浮かび上がって来たでしょう。そして次の瞬間、何かが吹っ切れます。芯の通った高子の生の声が、次元の違う意識を風のように運んで来たのです。お懐かしうございます、の続きに、これより新たによろしく、の声が聞こえてきたのかもしれません。そして本心より、高子と東宮の幸せを祈る気持ちになりました。

花にあかぬなげきはいつもせしかども
今日《けふ》の今宵《こよひ》に似るときはなし

花に飽きることなどなく、いつまでも見ていたいものです。溜息が出るのはいつものことですが、今宵の思いに似たときは、かつてありませんでした、と詠むと高子は深く頷きます。

小説の中で業平は、

「これでよろしいのか。これでよろしいのですね。ああ、今日の今宵に似る時はなし」

と自らに言いきかせます。

複雑な心境とともに、何かが終わり、何かが始まったのを感じます。

これからの半生の生きる目的が、この日、こうして定まったのです。

再会と再出発を主導したのも、どこかに未練を残す業平ではなく、高子の方だったと思います。

地位を利用して業平を護る高子

大原野《おおはらの》神社に警護のお役目として業平は、高子一行について参詣いたします。高子の配慮により決まったのでしょう。このように、陰になり日向になり、高子は業平を支え応援いたしますが、もはや、昔のような男女の情を交わすのではなく、もっと深くて遠い志を、持ち合うのでした。

大原野神社は清水《きよみず》から西を遠くに望んだ、小塩山の麓にあります。今も鬱蒼とした木立の中に、社はあります。

桓武天皇が長岡に遷都したとき、奈良の春日大社より分霊されて、藤原家の守り神として建立されました。藤原一族の女人が、皇后や東宮の母となるように祈願し、叶えられると行列を作ってお礼の参詣をします。

このたびの参詣は、高子が産んだ貞明《さだあきら》親王が、立太子したお礼参りです。

紅葉のきれいな頃の行啓《ぎょうけい》は大和絵のように見事でした。高子御息所《みやすどころ》は衣裳を新調し、髪も整えて、小輿《こごし》に乗って本殿へと進みます。杉の緑の間に楓紅葉の朱《あか》や紅《べに》が溢れるように見えます。業平は近衛《このえ》の役目ですからみんなを護る立場。この参詣の様子を離れたところから見ていました。

御神酒《おみき》がふるまわれ、前の庭で東遊《あずまあそび》が始まりました。最後に高子が、御労《ねぎら》いの単衣の衣を、直接業平に渡します。さりげなく特別な扱いをします。

密《みそ》か事《ごと》は昔のこととして、有り難く思い出しています、との思いを秘めて、歌を詠みました。

大原や小塩《をしほ》の山も今日こそは
神代《かみよ》のことも思ひ出づらめ

大原の小塩の山も今日のよき日こそ、遠き神代のことを思い出していることでありましょう。私もまたあなたとの昔のことを、神の代のことのように有り難く思い出しています。

業平は高子への執心から離れて、互いが無事で安らかに生きていけるように願う、温かい歌を詠んでいるのです。

都に戻ったあとで、高子から文が届きます。

随行した侍臣たちによる歌会が通例だったけれど、大原野神社の参詣ではできなかったことを詫び、叶わないのが心残りだということが、書かれていました。

高子は業平を歌詠みとして高く評価していましたから、歌会を持たなかったことを謝りたかったのです。

そしてあらためて歌会が催されます。

ちはやぶる神代も聞かず竜田川
　　唐紅《からくれない》に水くくるとは

この歌会で、この有名な歌が生まれます。

竜田川の紅葉は、唐紅の色に布を糸で括《くく》った括り染めをしたように、紅くまだらに錦を作っています。何と華やかで哀れであることでしょう。神の代から今日、さらに後世まで、この艶やかさは色あせません。

色あせない艶やかさとは、高子の美しさも表しています。春の野の若緑ではなく、川や地を覆う紅の赤。

悠久の自然美を力強く詠い上げて、歌詠みとしての覚悟というか、居直りさえ感じさせます。

高子によって完成された歌人業平の誕生とも言えます。

このころ、歌の会といえば漢詩《からうた》でした。女性が主催する歌会であれば、和歌《やまとうた》でなくてはならない。漢詩が上等で、仮名は女々しく弱いものだと思われてきましたが、日本の自然美や情緒を表現するなら、やはり仮名による和歌でなくてはならない。

仮名による和歌を広めたい。業平とともに、たおやかな言の葉の世を作りたい。業平も、高子のこの志に共鳴します。自分に託された役目も、そこにあると納得します。

業平が高子の催す歌会に、声をかけて集めた歌人たちこそ、日本で最初の勅撰和歌集、「古今和歌集」でのちに六歌仙と呼ばれる人たちでした。

短い人の一生を通して見ても、何が幸せだったか不幸せだったかは、わかりません。

幸と不幸も、簡単に入れ替わります。私たちを振り返っても、人との出会いを、幸不幸で色分けすることなどできず、あえて色をつけるなら、白も黒も混じる灰色です。

とはいえ、本人の実感や感想とは別に、客観的に、価値のある出会い、出会いがもたらした素晴らしい成果というものはあります。

それは努力の果実でもなく、目指して叶うことでもありません。偶然の手助けもあるでしょう。

高子は自らの宿命を見越して、宿命に負けるのではなく、それを引き受けて武器にした。業平も、恋に狂いながらも、自分の気持ちの満足だけに突っ走らなかった。

二人とも無理をせずに、宿命を受け入れて、成り行きに身をまかせました。与えられたものの中で、努力を惜しみませんでした。そして業平は永遠の恋の歌人となり、高子は日本文化の母とも呼べることを、為し遂げました。

二人の出会いと恋の顚末は、必死であっただけに恋情以上のものを、残したのです。

恋は時間に破れるのが宿命。あのままうまく芥川を越えて、二人が逃げおおせたとして、どのような生涯を送ったかはわかりません。多情多感な業平と、気丈で利発な高子のことです、どこかで破滅したかもしれません。

二人の恋は実りませんでしたが、もっと大きな文化の実りをこの日本にもたらしました。

千年を越えて今日まで続く和歌という文芸は、この恋から生まれ育ったと思えば、時代の流れだったにしても、胸を打たれます。

二、恬子《やすこ》内親王――耐え、貫く、強い女性が見つけた自分流

幼さの中に女の艶《なま》めかしさを感じる

恬子内親王は耐える強さを持った女性です。覚悟の人でもあります。潔さも兼ね備えていました。

私は小説を書きながら、高子にも恬子内親王にも共通する芯の強さに惹かれていきました。それは私自身が男性に庇護されるより、男性を育てる恋愛を好んでいるからかもしれません。これまで、お金や地位、権力がある男性に、それが魅力で恋心をいだくことはありませんでした。

男女の恋愛は、本音、本性でつき合ってこそ面白いものです。誰でも自分のいいところを見せようとして虚勢を張って生きています。そういう人が挫折して、本性が見えたときに強い関係が作られると思っています。

業平は女性たちとも、源融や惟喬親王とも、いい関係を築いています。本性、本音でつながった人たちだからでしょう。恬子内親王も同じです。

業平は行幸にも随行する左近衛将監《さのこのえのしょうげん》から、天皇の御殿に勤務する蔵人《くろうど》になり、その後、従五位下の位階を与えられ、近習《きんじゅう》の臣となります。順当な出世をしていました。

すでに書きましたが、文徳《もんとく》天皇が即位したとき、紀氏にとっては空が晴れたように先行きが明るくなりました。紀名虎《きのなとら》の娘、有常の妹更衣静子《しずこ》が、文徳天皇の第一子である惟喬親王を産み、翌年には恬子内親王を産んだからです。

惟喬親王が天皇になる可能性が高く、紀氏一族にとっては喜ばしいことでした。けれど藤原良房の娘、明子《あきらけいこ》が、文徳天皇の第四子、惟仁《これひと》親王を産みました。

重要視されるのは第一子ですが、第四子の母親は藤原良房の娘明子。惟喬親王、恬子内親王の母親静子は、明子より身分が低かったのです。

怖れたことがついに起き、第四子の惟仁親王がわずか八カ月で立太子します。七歳の惟喬親王や妹の恬子内親王、そして文人の系譜である紀氏を尊敬している業平は、先行きを不安に感じます。

業平は父・阿保親王が関わった承和《じょうわ》の変を思い出します。政治の世界は闇の中。正義などありません。

紀氏として希望をつないでいた静子は、子が皇位を継ぐ望みを絶たれて、落胆しました。高貴な血筋なのに傍流へ追いやられてしまったのです。

恬子内親王は幼い頃より箏《そう》の手ほどきを受けています。業平は妹のように可愛らしく思い、ずっと見守りたいと思っていました。しかし白く細い指に艶《なま》めかしさを覚え、恋にも通じる感情が湧いてきます。そして次のように詠みます。

うら若み寝よげに見ゆる若草を
　人の結ばむことをしぞ思ふ

なんと若草のようにみずみずしい姿でしょう。共寝するのによさそうなあなたですが、ほかの男が若草を結ぶように、契りを結ぶのは切ない気持ちで胸がいっぱいです。

少し腹立たしく、惜しい気持ちです。

業平は大胆にストレートに伝えました。

恬子内親王の返歌には戸惑いが見えました。

初草のなどめづらしき言の葉ぞ
　うらなく物を思ひけるかな

私はお兄さんとばかり思っていたのに、「寝よげに」などとおっしゃるのでしょうか。私はまだ箏の爪のように小さく幼いのです。

妹のように心配するのは、惟喬親王と同じ同族への哀れみからでもあり、主流からは蹴落とされたものへの同情でもありました。

もちろん、それだけではなく、業平にとって恬子内親王は、可愛らしく、愛おしく、まさに「寝よげ」に見える若草でもあったのですが。

禁断の恋のゆくえ

三年後、文徳天皇が崩御。惟仁親王は清和天皇として即位します。

十六歳の恬子内親王は斎宮《いつきのみや》となって伊勢に行きます。斎宮は神に仕える高い身分です。

平安時代、斎宮は基本的に、生涯独身でした。天皇が代替わりして次の斎王が指名されるまでは都には戻れません。親の死に目にも会えない厳しい境遇です。神に嫁いだのと同じでした。

斎宮で神に仕える立場になると、業平は近づけない領域です。都に住んでいれば会える可能性があるのに、伊勢ではどうしようもないと思い、邸にいる間に会いたいと、近くをさまよいます。

母親のところに来ていると聞けば、会う手立てを考えます。会いたい思いには、妹のような、恋しい女性のような、複雑な想いが混在して、業平自身も戸惑っていました。

権力闘争の犠牲になって、斎王にならざるを得なかった恬子内親王への哀れみが、兄弟姉妹のような心持ちから、恋情に変わっていったと思います。

「狩りの使い」として、業平が伊勢の斎宮を訪ねて行ったとき、恬子は二十歳。たいそうなもてなしを受けます。恬子は見目麗しく成長していました。

驚いたのは、夜更けて恬子が客殿の寝所にいる業平を訪ねてきたことです。

当時、女が男の元を訪ねることなどありません。しかも斎王の立場です。訪ねたということは、ひどく思い詰めたことを意味しています。

おそらくその時点で、自分の恋は業平一回きり、生涯これきり、と決めていたと思われます。

強い勇気をふるって、昔自分を「寝よげ」に感じてくれた人に、身を預けようとします。

誰とも共寝しないで死んでいくのは嫌、一度だけ、好きな人に抱かれたいと思ったに違いありません。この機を逸すと、もう二度とないとの、思いつめた覚悟で行動に出たのです。

「今の私は斎王ではございませぬ」と言っていることからも明らかです。恬子は決めたら貫き通す強さがあります。

でも一回目は成就しません。業平は衣の中に包み込みますが、やっぱり斎王という神聖な立場の人を、汚してはいけないためらいが業平にはありました。成就しないまま、恬子は迎えの女とともに帰って行きました。

業平は予想もしていない展開に心惑い、夜明け近くになっても眠れません。お付きの女、伊勢の方が文を届けます。

きみやこし我やゆきけむおもほえず
　夢かうつつかねてかさめてか

あなたがおいでになったのでしょうか。私が行ったのでしょうか。昨夜のことは夢か現実か。寝ていてのことか、醒めてのことか、それさえもわかりません。
業平が歌を返します。

かきくらす心の闇にまどひにき
　夢うつつとはこよひさだめよ

お別れした悲しみで私の心は闇の中です。お逢いしたのが夢であったか現実であったか、

住吉如慶「伊勢物語絵巻」(部分、「六十九段」) 東京国立博物館蔵
Image：TNM Image Archives

今晩お見えください。そのときに明らかにしましょう。

と業平は再度、訪ね来てほしいことを伝えます。

しかしその夜、一晩中の酒宴が催されました。伊勢の方が盃の皿を差し出しますと、裏に歌が書かれていました。

かち人のわたれど濡れぬえにしあれば

上の句のみです。徒歩《かち》の人が渡っても濡れないほどの浅い江、浅い縁でございましたのか、と嘆きます。その皿に松明《たいまつ》の炭で、業平は下の句を書き添えました。

またあふさかの関は越えなん

再び逢坂の関を越えて逢いにまいります、と。

業平は一度、尾張へ行って、また伊勢に戻るので、そのときは必ず恬子斎王にお逢いしたいと伊勢の方に言います。

そして戻ってきました。

笛の音を合図に斎王の元に向かいます。昂ぶりを抑えることができません。

そのあとの、甘美な一夜については、どうぞ『業平』をお読みください。やわらかなリズムを刻む文体でなければ、再現は無理なのです。

その夜、斎王は子どもを授かります。しかし業平はその事実を知らずに都に帰ります。再度、訪ねたいと申し出ても、恬子は「一度きりです」と毅然として断ります。あとは斎王として生きると断言するのです。

「私は、あの片割れ月となり、生涯、御兄上、いえ業平殿を御護りいたします。片割れ月が空に上がりましたなら、この一夜を思い出されてくださいませ」

逢えない辛さを歌に詠み、心を鎮めるしかありませんでした。

恬子は、自分の宿命に一度だけ、一夜だけ、逆らいました。それ以外は、宿命を受け入れます。

けれど一度だけ逆らったあとは、受け身ではなく、選び取った宿命を生きたのだと思います。

恬子も自分に課せられた宿命を、恬子流にまっとうしたのです。

究極の選択

斎王として任務に就いたものの、恬子は天皇から別れの御櫛をもらっていません。別れの御櫛をもらうのは、天皇の名代だという意味ですから、もらわないのは冷遇を意味します。恬子は、御櫛をもらわないで伊勢斎宮へ入った、たった一人の斎王です。紀氏の血筋なので政治的理由もあったと思われ、業平は冷たく扱われた妹を見るようで哀れさしきり。こうした自分の運命に逆らって、業平を訪ねてきたかと思うと心が痛みました。

恬子は何千夜通ってきても、残らないものは残らないけれど、たった一夜だけでも、心にも、記憶にも残るものは残ると言っています。それほど刻印された業平との一夜でした。

天皇の世が変わって、恬子は都に呼び戻されますが、そのまま出家して山奥に入ります。出家した恬子から「お願いしたいことがあるので、庵を訪ねてほしい」と文が届きます。業平は嬉しさのあまり、心が弾みますが、同時に女性の真の心はわからないとも心おののきます。

迎えに出て来たのは、なんと伊勢の方でした。斎宮では杉と呼ばれ、紙燭《しそく》を持って斎王の案内《あない》をしてきた女の子。そしてたった一夜の契りで産まれた業平の赤ん坊を、斎王の願いで業平のもとへ連れてきた女。

極秘に産み、極秘に他家へ養子に出された赤ん坊。

この事件は、当時はもちろん誰も知りませんでしたが、ずっと後の世、藤原道長の時代の史料により、この事実が推測できるのです。

育てることのできない赤ん坊を、他家へ養子に出すまえに、一度だけ父親に抱いてやってほしい、との斎王の願いは、業平の胸を痛くします。その斎王の願いを叶えるべく、赤ん坊を抱いて業平に会いにやってきたのが伊勢の方でした。伊勢では杉と呼ばれていたあの付き人です。

子どもを授かり、流行りの病のため外に出られないと嘘をついて産んだ子です。恬子はどれほどの覚悟だったたか。

出家した恬子内親王の言葉はすくなく、ただ潔さのみ漂っています。

最後に、恬子に仕えていた伊勢の方を業平に渡します。傍に置いてやってほしいと。

当時、傍に置く、というのは女性としての共寝も含めてのことですから、恬子はもう、人生を高い場所から見下ろし、すべてを受け入れていたのです。

高子にしても、恬子にしても、宿命を受け入れて強くなっていったかもしれませんが、もともと強い女性だったとも考えられます。与えられた宿命を、自らの意思で選び直し、積極的に生きた、生き抜いた女たち。

それにしても、業平の恋は、禁断の壁に向かって、身をぶつけるような激しさに満ちています。

身の危険があるのが本物の恋。高子にしても斎王恬子にしてももっとも危険な相手、権力や神にあらがい、よくぞ命をまっとうできたと思います。

ある意味では、あきれるほど真っ直ぐに、一所懸命女に恋して、決して手を抜かず、自分に正直であった業平です。そのようにしか生きられなかった男を、都人《みやこびと》はどのように見ていたでしょうか。憧れと嫉妬を抱きながらも、黙って開けて通してくれた。そしてやがて、物語の主人公としてさまざまな色をつけて、面白おかしく語ったのだと思います。

第四章

男たちとの関係
——人間的にも認められ、信頼される

住吉如慶「伊勢物語絵巻」(部分、「八十二段」) 東京国立博物館蔵
Image：TNM Image Archives

一、源融《みなもとのとおる》――歌にも生き方にも尊敬

業平の憧れの人

業平は勢力争いに負けて哀れな末路をたどった父や祖父を見ていますから、無意識のうちに権力から離れたかったと思います。何不自由ない生活を送ったように見えますが、苦悩や迷いも抱えていました。

融は嵯峨天皇の第十二皇子。のち源氏姓を賜って臣籍降下して、業平と同じく天皇になる可能性を断ち、天皇に仕える道を選びました。

この当時、天皇の子はあちこちの女性が産み育てていますので、それは現実的な対応でした。

融の兄の曾孫にあたる陽成天皇が即位したとき、いったんは諦めた皇位を望んだりもしましたが、右大臣藤原基経の実権が強まり、嵯峨野に隠棲しました。融は左大臣正二位、基経は摂政右大臣従二位。

業平にとって融は歌の仲間であり、憧れの人です。初冠のときに融の歌を引くほど、若い頃から学んでいました。

融は位が高いから立派だからというのではなくて、歌人としての才能があるので憧れていたと思います。融も業平の歌人としての才能をよくわかっていました。

当時の人間関係は、身分がすべてでしたが、文化人として、歌という芸術では対等だという姿勢を融は保っていました。身分の上下関係ではなく、歌にどれだけ感情を表し、どのように表現できるのか。

歌の才能を正しく認めて受け入れてくれる源融を、業平は同志のように感じていたのではないでしょうか。

融は嵯峨天皇の子ですから財力もあります。業平とはくらべられないほどへだたりがあります。そのくらい身分は違うのに、住吉や芦屋への旅では、心を通じあわせて語り合えた親しい関係でした。

歌人の役目と能力

高子の兄である基経。融は基経の振るまいに怒り、左大臣を辞めさせてほしいと申し出ます。職を辞めることで基経へ異議を訴えたのです。天皇は融の辞意撤回を説得する役に業平を選びました。まだ九歳の天皇ですから、明らかに高子の配慮です。

朝廷内はいつも権力闘争です。業平は、せめぎ合いの仲立ちをしたり、調整する役目が多かった。歌の才能があるということは、哀しさや儚さなど、心のひだまでわかるということ。政《まつりごと》の押し合い圧《へ》し合いを鎮めるにはふさわしいと誰もが受け止めていました。当時歌人に求められていたものが何かを、後に編まれた「古今和歌集」の撰者、紀貫之の仮名序から推し測ることができます。貫之は歌について、このように記しています。

「力をも入れずして天地《あめつち》を動かし、目に見えぬ鬼神《おにがみ》をもあはれと思わせ、男女《をとこをむな》の中をもやはらげ、猛《たけ》きもののふの心をも慰むるは歌なり」

歌の力をここまで大きく考えています。さまざまな確執をなごませ、争いを融和し、人間関係を滑らかにする。

歌の才能というのは単に文芸だけでなく、政《まつりごと》にとっても有効で必要なものだったのです。天皇から融をなんとか引き戻してほしいと頼まれて融のもとへ向かった業平。融は父親の嵯峨天皇ゆかりの嵯峨野に棲霞観《せいかかん》と呼ぶ邸を作ってひそかに隠れ暮していました。侘び住んでいるとはいえ、滝を作り、庭を整え、融の世界観がありました。融は山に入る夕陽を見て、山の端を崩せばいい邸が作れると言っていた男。自然の形を変えてまで、自らの美を実現させたいと思うほどの趣味人。また実現するだけの財力を持っていました。

業平は融の怒りを知っていました。言いたいことも気持ちもわかるので、強引に事を進めず、融の気持ちに沿って、やむを得ないと理解して帰ります。業平らしい形です。決して無理をして突破しません。

最後に融が「私が嵯峨の山里に籠もり、業平殿が朝廷にて盛りの時を迎えられるとは……これも御仏のお心か」と呟きます。人生の盛衰においては、立場が逆転しているのです。

藤原姓の人たちが権勢を誇るようになってみると、天皇の直系の血筋が、なぜ権力の中枢から離れなければならないのかという、ある種の謀反的な感情を融は持ちます。強い自我と自意識のあらわれであり、藤原一族への八つ当たりでもあります。

次の光孝《こうこう》天皇が亡くなると、天皇の子、源定省《みなもとのさだみ》、つまり宇多《うだ》天皇が基経の意向で皇位につきます。このときの融の悔しさは、よくわかります。

芸術は失意を慰める

融は風流に向かい、嵯峨の地に、現在の清凉寺釈迦堂である別邸棲霞観を造ります。最後は隠遁してしまいます。

それ以前に、もっとも愛情を注いで作ったのが河原院《かわらのいん》でした。河原院は「源氏物語」の六条院のモデルと言われており、それゆえ融が光源氏のモデルとも言われました。

もちろん諸説あり、私としては、業平が光源氏のモデルという説を、どちらかといえば支持したいと思っています。

ただ、光源氏のモデルを一人に特定することは、意味のないことです。制作の本質が解らないロマンチスト。紫式部はそれほど才のない作家ではありません。業平も融も、あるいは身近な別の男も、光源氏の中に投入したのではないでしょうか。

河原院は現在の京都六条にある渉成園《しょうせいえん》です。

六条坊門南、六条大路北、万里小路東を占める河原院の融邸は、嵯峨天皇からの財力を注ぎ込んだ造営で、都人たちの憧れでした。豪華さだけではなく、融のこだわり抜いて作ったものを、誰もが一度は見たいと思ったのです。

融のこれほどまでの執心は、良房、基経らへの苛立ちの証かもしれません。

邸は滝の水音も聞こえ、南庭は池や噴水があり、川が流れ、中島や築山があります。季節の移ろいを愉しめるくふうが施されていました。

中島の橋の下に石で関を作り、塩竈のためには海水が必要と考え、難波津から海水を運び入れます。海水には海にいる魚が必要だからと鯛を二百尾放しました。海水を運ぶための鴨川から邸に続く水路には、舟が行き来します。さらに中島に釜を作り、松の枝に絡むように白い煙が立ちのぼります。塩竈で塩を焼く煙までも再現していました。中島より立ち上る煙こそが哀しげに揺らめき、都で鄙のように藻塩を焼く煙を融は面白いと思った様子。いまも塩竈町、本塩竈町として町名に残っています。

中島からは琴の音が聴こえました。奏者はどこかに隠れていて音だけが流れてくるのです。

都にはありえないものを作りたい、つまり都にいながら、鄙の風情が味わえるものをと考えたのです。

煙立つ南庭への思い入れは思いつきではなく、貧しい海人の生活に美を見出す感性があるからでした。

並外れた想像力

融にはエキセントリックなところがありました。

例えば難波津に旅したときに、山を眺めながら、あの山の端は要らないものだから端を削りたい。そうすれば夕陽が沈むのが見事に見えるから、その風景は神を感じるほどのものになる、と大胆なことを言います。

これはものを創る人間に許されている想像力というか、美への執着です。美のためにはすべてを犠牲にして、徹底してやってしまう人。

融は河原院で藻塩を焼くのを、いずれはこれらすべてが消えてなくなると想像しながら、業平と眺めています。

「私の心の奥に在るのは、満ち足りたものとは遠い。満足とはならず、飽かずかなしいの心地は、どれほどの造営を行うとも、残るのです。邸はやがて朽ち果てて草草が生い繁る野となりましょう」

と、目の前の見事さだけではなく、将来は虚しい原になるとの冷めた目も同時に持っていました。

この感覚は、いまをときめく宮廷人には解らないものです。業平は生涯、この言葉を忘れませんでした。

「盛りなれば衰えあり、衰えあればふたたび萌《も》え出るもの」という融の言葉も、業平には響きました。

天才的な芸術家の素質を持っていた人です。創造者には究極まで突き詰めていく狂気がある。あくまで現実ではなく、想像の中で突き詰めます。感興も不快感も振り幅が大きく、極めないではいられない芸術家の素質を、持っている人でした。

融は業平に、どんなに立派な邸を作っても財力があっても、やがてすべて失われること、どこまで行っても、人の心は満ち足りないことなど、本心を語りました。業平にはそれが解ると、信じてもいました。

友人として親しみの情を持っていたのは確かですが、同時に業平の中の虚無をも、見ていたと思います。その関係に、歳の差や身分差は存在しません。

塩竈を都に造ることにしか、生きている間に必死になれるものがない。

つまり融の失意を慰めるのは、芸術しかなかったのです。そのすべてに業平は憧れ、自分にはないものだと思ったのではないでしょうか。

業平の和歌の手本

融と業平は、互いに才能を認め合っていますから、歌人としての連帯が生まれています。

住吉や芦屋への旅では、心を通じあわせて語り合う親しい関係でした。業平の三歳上という年齢もよかったのでしょう。

宇治の平等院の前身となる宇治《うじ》院は融の別荘です。自由な発想を具体化していきます。血筋と財力を持っているものの強さです。

業平が融の歌「陸奥《みちのく》しのぶもじずり誰《たれ》ゆえに　乱れそめにし我ならなくに」を初冠のときに引用して歌を詠んでいます。

陸奥の「しのぶもじ摺り」の乱れ模様のように、私の忍ぶ心は誰のせいで乱れているのでしょうか。あなた以外に誰がいるでしょう。ほかの誰のためにも、心を乱そうなどと思わない私なのにという意味。

それを業平は知っていて、自らの歌に引いたのです。若くして歌を学んで、内容も理解していた。このことからも歌人として尊敬し、憧れていたことがわかります。

また融を人間としても尊敬していました。身分が高いゆえに備わっているおおらかさ、教養があり、その大胆なところにも憧れていたと思います。

業平にとっては、競争意識を持てないぐらいの仰ぎ見る存在だったようです。

融は位の高い立場を利用して、業平を無理矢理従えさせることはありません。歌人として平等に扱うし、いい歌を詠むと才能を認めます。自分で河原院というとんでもない庭園を作りながら、これが消えてなくなる姿を想像しているのですから、虚無的な面も持っています。やがて滅びていくものを見ることができる力を持っていて、その感覚と哀れがわかるのは業平だけだと思う、これ以上の信頼はないでしょう。

これは後に、「融」という能楽にもなっています。

東国出身の僧が京都六条の「河原の院」に着くと、汐汲みの老人が現れて僧に、この地は昔の源融邸の跡であると伝え、融の物語を語ると泣き崩れてしまいます。僧に請われて近隣の名所を教えていた老人は、汐を汲もうと言うと、そのまま汐曇りの中に姿を消します。

この老人が融の霊。その夜、僧の夢の中に融の霊が現れると、月光のもとで、懐旧の舞を舞うという能です。

歌は成し遂げられないことも詠める

陽成帝が即位し、業平は右近衛《うこのえ》権中将《ごんのちゅうじょう》に任命されます。官人としての出世は諦めていたので、業平自身が驚いていました。

高子《たかいこ》の女官より文がきて、業平の昇進が高子の配慮だと知ります。高子は自分の運命に従って国母となっています。

命がけで恋したものの、悲しい別れがありました。その高子に助けられるのです。どこでどのようになるのかわからないのが人生。

業平は昇進したものの、有常が亡くなります。有常の娘、和琴の方は業平の妻で、子どももいます。父親という後ろ盾を失くしたのですから、今後の生活のことも心配です。業平は十分な配慮をしました。ほかの女性に夢中だったので、うしろめたい気持ちがあったのでしょう。身分ある男としては当然のことなのですが。

業平は桓武天皇の血筋で、父親の阿保親王は、子どものために早くに在原姓をもらいます。朝廷内の政治の争いを嫌ったからです。融も嵯峨天皇の血を継いでいますが、源氏姓を賜わることで、皇位継承から外れています。

融は臣下として生きていくのが正しいのか疑問を持ちます。卑しからず、優れた血が国のためになると言います。それに対して、業平は何が政治に正しいかはわからないけれど、歌に生きているかぎり、叶わないこと、成し遂げられないことを詠み込むことができ、その歌は後の時代に伝えられて生き続けていくと考えています。

融にそれで満足かと訊ねられた業平は、満足ではないけれど、歌には叶わないことが必要である、飽かず哀し、という情が大切で、その心がわからなければ感動する歌は詠めないと答えます。

飽きるほどに十分に手に入れても、歌の心には叶わないとの思いを伝えます。すべて満ち足りて歌を詠むと、趣が薄くてつまらないものになるのだと。

そしてさらに、恋の情《なさけ》は飽きることなどなく叶わないからこそ、心に響き、刺さる歌が詠めるのだとも。

ここが業平の強さです。

融は思います。業平は思いを閉じて諦めることが上手で、羨ましいと。そして基経の横暴さに耐えがたく、辞めたい意志に振り回されて落ち着かない自分に、溜息をつくのでした。

二、惟喬《これたか》親王——雅を具現化する人、業平が生涯仕えたかった人

主流でなくても、恨まないのが高貴な人

惟喬親王と恬子《やすこ》内親王は兄妹です。

山城の国の先にある水無瀬《みなせ》に惟喬親王の別宮がありました。

業平は惟喬親王に会うために、何度も水無瀬の離宮に出かけて、花を愛で、狩りをし、夜が更けるまで酒を飲んで語り合います。惟喬親王の美意識に触れると、お酒がすすんで気持ちよく酔えたのです。

業平の生涯で、もっとも心地よいひとときでした。

惟喬親王は、文徳天皇の直系の長男であるにもかかわらず、第四子である清和天皇が即位します。こうして天皇への道から外れます。その理由は、母親が紀氏からきているという身分の違いです。藤原一族の隆盛で、じわじわと排除されていきます。

紀氏は、紀貫之、紀友則という文人を出して、文化的には大活躍しますが、その反面、政治の主流からは遠ざかっていきます。

妹の恬子内親王も同じように扱われました。惟喬親王が皇位から外されたのは、業平にとっても大きなショックであり、兄妹が主流から外されたことへの悲しみを、業平は深く共感しています。

貴種の流れを汲んでいる惟喬親王も恬子内親王も、非常に穏やかで控えめです。「なぜ天皇になれないのか」と怒りを振りまくことはありません。二人は取り乱さず、冷静です。この性格に業平は惹かれます。それは業平も同じように主流から外された人間の気持ちがよくわかっていたからです。惟喬親王にはどんなことがあっても生涯お仕えしようと、業平は決心するのでした。

毎年、水無瀬や交野《かたの》の離宮で桜を愛でたり歌を詠んだり酒を飲んだり、業平は惟喬親王とよく一緒に過ごしました。季節の美が解り合え、雅を共に体験できる惟喬親王を尊敬しています。

兄の行平は、藤の花の宴で、一所懸命、藤原家の人たちに取り入り気に入られようとしています。有能な官史としてはそうするしかありませんが、血筋としては行平も、惟喬親王に仕えたかったのではと思います。

桜が見事に咲き誇るのではなく、花びらがこぼれ落ち、散るのを見て、はかないものの美しさと哀しさを共感する感覚は、権力の中枢ではない、流離の貴種にしか感得できないものだったかもしれません。

そこで生まれたのが業平の有名な歌です。

世の中に絶えて桜のなかりせば
春の心はのどけからまし

天皇から外された家系だからこそ、桜の美しさ、散る哀れがより深く感じられて、生まれた歌ではないでしょうか。

この世に桜というものがなければ、散るのを案ずることもなく、春を過ごす人の心はどんなにかのどかだったでしょう。これほどの情緒をもたらす花があるから、心穏やかに過ごせません。せめて桜が散らないものならいいのに。

女性というものも桜と同じで、心が騒いで相手のことばかり想ってしまいます。いっそこの世から女性がいなくなってくれたら、どんなにか心も落ち着くことでしょうに。

同じように、桜が散ることに美しさを感じる惟喬親王です。水無瀬や交野に行って、素直に涙を流せる相手がいて、この歌が詠めたと私は思いました。

こうして共感し合えれば、随行する喜び、側にいる心地良さが高まります。

この宴での、他の者の返歌です。

散ればこそいとど桜はめでたけれ
　うき世になにか久しかるべき

桜は散るからこそ素晴らしい。この嫌な世に何が永遠《とわ》にあるでしょう。

ここにも、無常感と虚無の美があります。

日本人の本質的な感覚が、ここに見えます。

惟喬親王と業平は環境や境遇が似ているし、心情もわかり合えることが多く、歌の世界でも親王は、業平に一目置いています。身分は違えど、みな等しく、権力から離れた者同士なのです。

権力というものは、感性に目隠しをさせ、繊細にモノを見る視力をなくさせ、大所高所からの見方だけに片寄ってしまうもの。

この大所高所からの視線からは、日本の文化は生まれなかったのではないでしょうか。

後々、藤原道長が、

「この世をばわが世とぞ思ふ望月の　欠けたることもなしと思へば」

この世は自分（道長）のためにあるようなもの。満月のように何も足りないものはないと詠った心境とは、対照的な視線です。

世のはかなさを知り、出家

惟喬親王が出家する覚悟を決めたのは、三十歳前という若さです。すでに世の中をはかないと思っていました。天皇になれなかった懊悩《おうのう》を、出家することで収めたのかもしれません。

業平はもちろん、出家を知った者はみんな、寂しくて衝撃を受けます。

業平は出家した惟喬親王に新年の挨拶をしたくて、比叡山《ひえいざん》の麓まで雪の中を行きます。昔なら一緒にいられたけれど、山の奥へ引っ込んだら、業平には宮仕えの仕事もあるから、しょっちゅうは来られないと寂しく思います。仕えたくても状況が許さなくなったのです。

これも別れです。

「やっぱり花は散るもの。散りました」

と実感したはずです。

三、業平の両親

不仲な父と母

宮廷内では絶えず権力争いや内紛がありました。藤原氏が権力を掌握していく過程で、いくつかの政変がありました。そして業平の父親阿保親王が関わったのが承和の変。阿保親王は小心でありながら一生懸命、戦略的に生きた人でした。この政変の首謀者と噂され、そしてその謀反を密告したのも阿保親王でした。真実は永遠に闇の中。なぜなら阿保親王は自ら命を絶ったからです。

そんな小心な父親への、ある種の情けなさを覚える一方で、業平は気位の高い母親に対する、コンプレックスを持っていたと思います。

母親は高貴な血筋ゆえ自尊心も高く、婚姻相手にも恵まれませんでした。ようやく叶った婚姻で、業平が産まれたのです。生涯に一人きりの子どもでした。

しかし、どういう風に息子を愛したらいいのか、わからなかったのではないかと思います。溺愛するゆえ突き放す、ということもあったでしょう。何しろ、配流からようやく戻された夫で、尊敬しているとは言えない阿保親王の子なのですから。

母、伊都内親王は、死を目前にして弱ってきたときにようやく、自分の寂しさを業平に訴えることができました。それまでは寂しさを表現できない人だったと想像します。

この夫婦は、しっくりぴったりしていない関係だったと思われます。仲睦まじかったとは

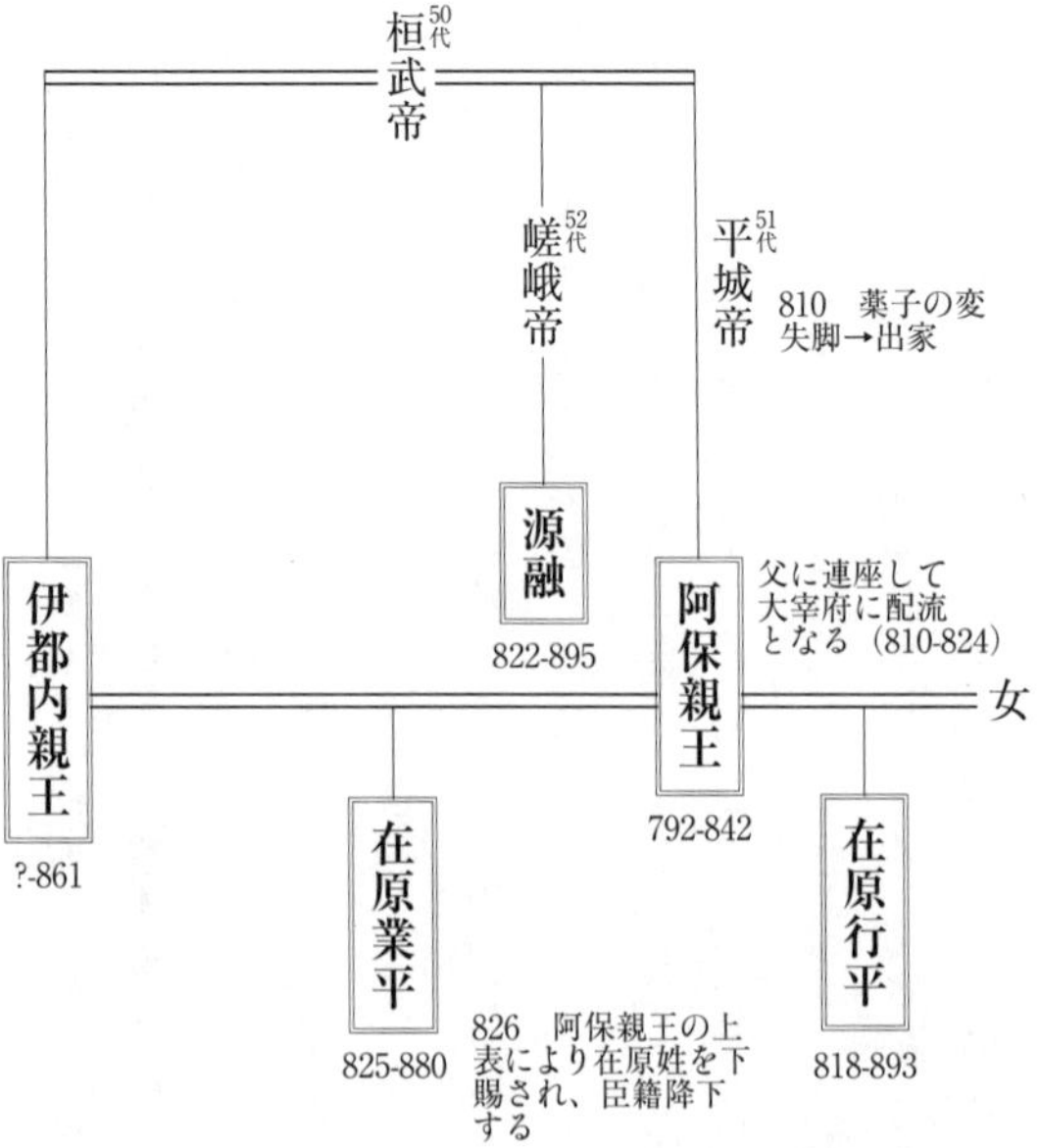

思えません。

　けれどそれでも、父親は息子を、政変に巻き込まれるのを防ぎ、巻き添えから救おうと助言をします。またその母である伊都内親王にも、災難が降りかからないよう、言づてをします。

　このあたりが、やはり男の責任感、父親としての愛情であり、政《まつりごと》の非情さに生涯を翻弄された人の、身内への最期の配慮だったと思われます。

　父親は政治的には藤原一族から排除され、重くは扱われなかったけれど、業平にとってはたった一人の父。

父親らしい最期の助言は、心深くに、染み入ります。

両親の間で揺れていた業平の孤独は、現代にも通じるものです。

阿保親王は、その父親の平城天皇のような文化人ではありませんでした。自らに自信が持てず、策謀の誘惑にそそのかされ、謀反を企てた張本人でありながら、それを密告するという哀しい存在に落ちます。真実はわかりませんが、世間はそのように噂しました。

母親は阿保親王を、弱い心の人と言っています。これは息子業平にとっては、とても悲しい認識で、業平も同じように思っているだけに、辛いことでした。

業平はいよいよ、歌の才が唯一の拠り所になっていきます。その根本には両親のことがあったと思われます。

祖父の平城天皇が、愛人薬子と一緒になって、都を京都から奈良に引き戻そうとして起こしたのが、薬子の変です。八一〇年に起こった宮廷内の抗争事件です。

平城天皇の寵厚く、権勢の座にあった藤原薬子が、天皇の退位後、兄の仲成《なかなり》とともに再度、実権を握ろうとして起こしたのです。

嵯峨天皇の廃立、平城上皇の重祚《ちょうそ》、さらには平城京遷都を企てましたが未然に発覚し、仲成は処刑され、薬子は自殺しました。もちろん、業平が産まれる前のこと。最終的には平城上皇は敗れて、京都が平安の都として定着します。とばっちりを受けて大宰府へ流されたのが阿保親王でした。

政治不信の阿保親王であっても、やはり政権の中に入っていきたかったのかと、業平は悲しい思いを禁じえなかったでしょうね。

母親の伊都内親王は、このような夫、阿保親王を軽蔑して、低く見ていました。自分は桓武天皇の子どもですから血筋もよく、プライドも高かった、財産もあった。

業平は父親より、平城天皇を身近に感じていたかもしれません。平城天皇は、政争に破れはしたものの、万葉の歌人、大伴家持《おおとものやかもち》とも親交がある文人でしたから。

「わたしは父君にも母君にもなれない。お二人のどちらの生き方も願わない」

と小説の中で業平は語っています。

謀反者で密告者という父親の噂が、事実かどうかによらず、その弱き心、哀しい性格が、心にずしんと沈んでいたのは間違いなかったと思います。

祖父も父も政治的には傍流にいる人。けれど父親のようにはなりたくない。どちらかと言えば、平城天皇のように自らの我を打ち出し敗れる方が良い。祖父には文人としての矜持があった。

父親が亡くなったのを潮に、母親の伊都内親王は長岡に移り住みます。

業平は母親が会いたいと言ってきたのに行かなかったことを、長く悔いました。母親も、寂しさや弱さを、たった一人の息子に見せることができなかった自分を、後悔したのではないでしょうか。

第五章
巻き込まれた結果

住吉如慶「伊勢物語絵巻」(部分、「百四段」) 東京国立博物館蔵
Image：TNM Image Archives

一、九十九髪《つくもがみ》の女――流されて情を交わしてみると、いい女だった

成り行きに身を任せる

九十九髪の女は素直な可愛らしい人です。

蛍の方のときも業平は巻き込まれていきましたが、九十九髪の女にも巻き込まれます。若い頃から成り行きに身をまかせてしまうことが多いのです。

「成り行きに身をまかせる」とは、生きてきた智恵でもありますが、業平はそんな中でも何かを得ているのですから、巻き込まれてダメになるのとは、いささか違います。

業平の浮名の噂が流れていたころ、どうにかして情が深い男と逢いたいと願う高齢の女性がいました。九十九髪の女です。

現代の高齢者であっても、人生最後にもう一度恋がしたい、と思う女性は多いです。女としての最後の火を、掻き立てて死にたい。

ただ、その願望を子どもに打ち明けることは、まずありません。

九十九髪の女は、子どもの前で色恋を願っているのを言い出しにくく、夢物語として、息子たちに話をしました。

三人の息子のうち、上二人は取り合いませんが、三男だけは母親を何とかしてあげたいと考えます。

狩りに出かけたときにその三男から話しかけられます。母親と添い寝をしてほしいと。

業平なら、女たちすべてが満ち足りて共寝をすると思ったのでしょう。

このままだと母親は思いを残して、無念のままあの世へ旅立ってしまう、それは可哀想だと息子は思ったのです。

三男からの頼みに驚きながら、業平は哀れにも感じて、案内されるままに九十九髪の女のところに行き、共寝をします。月明かりに見えた女の髪が白くて、整わず荒れていたので、この日を最後にしようと訪ねませんでした。

ある日、邸の垣の外から、九十九髪の女が業平を覗いています。業平ともう一度と、思って垣根で待っているのでした。

業平が出かける様子を見せたため、女は自分の家に来ると思い込み、慌てて戻ります。野茨《いばら》やからたちの棘がひっかかって、衣裳も足も傷だらけです。家に着いて横になって、業平を待っていました。

九十九髪の女は、もう一度家にきてほしいと訪ねて行って隠れて覗いたり、足に傷をつけながら一生懸命に走って帰って待っていたりと、かなり滑稽ですし、哀れでもありますが、それがいじらしく、可愛らしい女性にも見えてきます。

九十九髪の女の行動に、ありのままの素直さを感じたので、業平は心を動かされます。

業平は女の家について、九十九髪と同じように垣根から家の中を覗きます。

女は溜息をつき、歌を詠みました。

さむしろに衣かたしき今宵もや
　　恋しき人に逢はでのみ寝む

敷物の上に一人分の衣を敷いて、今日の夜も恋しく思う方に会うこともなく、一人で寝ることにします、と。

野茨やからたちで傷ついた体を横たえていると思うと、哀れな気持ちになって、業平は九十九髪の女のところに近寄ります。

来訪に気がついても、知らぬふりを装う九十九髪の女。

ならばと業平が立ち去ろうとすると、咳払いをして「あなうれし」と若い女の子のように言います。

業平も子どものように高い声で笑って、そのまま九十九髪の女の衾《ふすま》の中に入ります。

情を交わしてみたら、思いの外いい女だったのでしょう。濃い共寝となって、鶏が鳴く時刻までゆっくりと過ごします。何回も訪ねてみたい執着心を覚えた業平。

しかし九十九髪の女からは、満ち足りたのか、その後文もありません。

ずっと後に、三男から文を貰います。

「母親は最後の男を得られて満足したでしょう。穏やかにあの世へと旅立ちました」

最初は三男のやさしさに触れ、九十九髪の女の可愛らしさに触れ、息子の親孝行に応えるためでした。

しかし最後は業平の意思で九十九髪の女の家に向かっています。

高齢者の豊かな経験も魅力的

業平はいい人だなぁ、優しい人だなぁ、とつくづく思います。人生最後の男と思ったら、九十九髪は一生懸命尽くして、業平も思いがけず濃い夜になったのではないかと想像します。歳をとった女性は、もうおばあさんだからとコンプレックスの塊です。年齢の分、生きてきた経験もあるし、穏やかな気持ちにもなれるし、包み込む力もついています。

女としても、いいところはたくさんあります。

業平にとっても、老いた女性との縁が、若い女性たちよりも趣深く心に刻まれた、ということは、強調したいところです。

容姿だけでは、若い女に軍配が上がります。老いた身ではどうにも太刀打ちできない。けれど性的な濃厚さ、相手への献身は、老いた自覚があるだけに、若い女にはないものがあるはずです。

衾の中のことは、文学にはなかなか描かれていませんが、身体的なものもあるのです。ましてや明るい場所で、相手の容姿をしっかり見て恋するわけではありません。暗闇の中では、相手への思いは行為によってのみ表現されます。

業平も、九十九髪の女のところに行って良かったと思ったはずです。施しを一方的にしたわけではなく、年齢を重ねた良さ、味わいを学んできたのではないでしょうか。

九十九髪と言っても、これは象徴的な表現であって、腰の曲がったお婆さんを示しているのではありません。高齢者の代表です。当時は恋愛対象から外れていましたから、九十九髪と書いたのでしょう。実際は五十歳ぐらいだったと思います。

この三男が立派。想像力を働かせて、母親の立場に立って、何を求めているのだろう、何を望んでいるのだろうと考えています。

その結果が、もう一度恋をすることだと気づけたのは、この息子も女のこと、人間一般のことに、長けていたからです。

親とはこんなものだ、と決めつけている子どもたちよ、親もまた男であり女である、という意識を持ってもらいたいものです。あの時代でさえ、そうだったのですから、長寿時代の今日、この息子を見習っていただきたいですね。

いえいえ、息子や娘がどう思おうと、自分は男であり女である、という意識を、高齢者も捨てないでほしい。

二、伊勢（杉）の方——業平の歌人としての功績を委ねる

率直な性格が面白い

小説の中では、伊勢の方はバランスのとれた才女です。百人一首で有名な歌人伊勢とは、別人です。

現代的なところもありますが、和歌に精通しています。業平の最後の妻だったという説に従いました。

業平は相模権守《さがみのごんのかみ》の後、帝の側に仕え、太政官の連絡にあたる蔵人頭でした。このとき五十五歳。これより高い地位にはなれないとわかっています。

幼いときから一緒に過ごした憲明が亡くなり、業平は邸から出ることがなく臥せっていま

した。業平の世話をするのは、恬子に十二、十三歳から仕え、伊勢の斎王のときも出家したときも仕えている女性です。

伊勢に発遣されるときに「伊勢」の名前をもらいます。それまでは、杉や杉子と呼ばれていました。

恬子や業平の歌や文を、双方に届けています。二人の逢瀬の夜、業平に笛を吹いてもらえれば迎えに行くと伝えたのも、業平との子どもを抱いて、他家へもらわれる前に父親に抱いてほしいと連れて来たのも伊勢の方です。恬子と業平の実状をすべて知っています。

恬子は伊勢の方を信頼したからこそ、業平に託しました。恬子はもう、業平との共寝など有り得ないという自分の決意を、示すことでもありました。

伊勢の方は歌の才能があり、利発。自分の願望にも感覚にも率直です。斟酌しません。だから、「あの男、素敵」と思うと、すぐに気持ちを伝えに行ってしまいます。業平にも伊勢で歌を詠んでいます。

ちはやぶる神の斎垣《いがき》も越えぬべし
　大宮人の見まくほしさに
　　　　　　　　　　杉

私は畏れ多くも、神の垣根を越えてあなたのもとに行ってしまいそうです。都の殿方にお逢いしたいばかりに。
伊勢の方の、斎王の次は私を、という気持ちが透けて見えます。最初は恬子斎王との仲介役をしていたのに業平にアプローチしているのです。

恋しくは来ても見よかしちはやぶる
　神のいさむる道ならなくに

恋しければ神垣を越えて出てごらんなさい。恋というもの、何も神様が禁じられた道ではありません。

と業平は返しましたが、恬子に夢中の業平にとって、伊勢の方は軽くあしらう相手です。業平の心の底には、恋は神様が禁じられないもの、という思いがあるので、こんな内容の歌を詠んだのだと思いますが、軽くあしらいながらも、歌の才は見抜いていたのではないでしょうか。

この場面では積極的であっても、恬子から最晩年の業平のところに行くように言われると、

「都人に憧れたけれど、齢をとったら嫌です」

とはっきり言います。思っていることをためらわずに言います。いかにも現代的な率直さです。

その率直な性格を業平は面白がって、話し相手として心地よく感じています。

恬子は伊勢の方に才能と魅力があったから、業平に託しました。老いていく道連れとして、業平の力になれる女だと思ったからでしょう。

業平の好色にも、年齢的な限界が忍び寄っていたでしょうね。

業平は伊勢の方と、共寝はしていません。業平が五十五歳になっていたことも関係してい

るけれど、歌の才のある伊勢の方とのやりとりの方が、業平には楽しく有意義だったと思われます。

業平が女性たちに恨まれなかった理由

小説の中では、病に臥せった業平は、女たちとの関係を、ドラマの伏線を回収していくように辿り直し、語ります。語る相手は伊勢の方です。

そのよすがとなったのは、忠実な伴人《ともびと》であった乳母子の憲明が書き記した、業平の生涯の歌でした。歌を読み返せば、ああ、あんなこともあった、あのときのあの女はこうだった、と当時の自分を思い出します。

おかげで業平は、自分の歌で自分の人生を思い起こすことができました。そのときどきの歌ほど、そのときどきの情が蘇るものはありません。カプセルにして埋めた、気持ちの結晶のようなもの。

伊勢の方は、短い歌の中に業平の心の浮き沈みとあふれる情を感じていますから、互いにいい時間だったと思います。

「高い身分の人と低い身分の者が恋すると、苦しみとなるため、身分が釣り合う者同士が恋しあう方がいい」

「たとえ身分が違っても出会って恋したのは幸せだった。叶うか叶わないかわからず、わずかな望みが見えたりわからなくなったりするときが、ときめきの最高のときである」

などとこれまでを振り返って伊勢に語ります。

最も力が入った言葉が、

「身を滅ぼすほどの懸想でなければ、何も残らぬもの……私は身を尽くしたゆえ、あのお方は私に歌の世を託された」

でした。

高子を自分のものにしたくて連れ出し、芥川で嵐の中、背負って逃げていたのを、高子の兄たちに連れ戻されてからは、歌を詠むこと一心に、生きてきた業平です。それは死に臨んでも、変わりありませんでした。

業平は、恋する男、という以上に、歌人であったと思います。

床に臥せたのちも、昔の女たちから、見舞いの文や品々が届きます。惟喬親王からは衣が、源融からは藻塩が届きます。母屋の屏風の前に並べ置かれているほどです。

私が『小説伊勢物語　業平』を書きながら面白いと思ったのは、名前は名乗られていないので誰かわからないけれど、一言、「かならずや」という言葉だけが贈られて来た人のこと。「かならずや」という一言の後に何があったのだろう、あの人ならばどのように続けるだろう、誰だろうと想像がふくらみます。

「かならずや、よくなられて」「かならずや、私の元に」などといろいろ想像がふくらみますし、業平との逢瀬のとき、「かならずや」という言葉を使ったのかもしれません。もしかしたら、業平にだけ、「ああ、あのときの」と思い当たる人がいるのかもしれませんね。

「どなたとも判らぬ御方よりの見舞いの品もあり」

これもいろいろな女性と共寝をしたけれど、誰にも恨まれていない証です。みんなが心配し、業平に見舞いの心を届けたいと思っています。

私は誰にも恨まれない業平像を描きたかったのです。

女たちは誰も業平のことを恨んでいなくて、悪くも思っていません。それぞれの時は恋心に苦しんだし、女たちの懊悩も大きかったと思いますが、振り返ってみれば、人生の中の良き時であった、心に染みる逢瀬であったと思っているから、見舞いの品を贈るのではないでしょうか。

自分だけのものにはできない人だったけれど、業平は自分に対して誠を尽くしてくれたと、女たちは思っている。

これは「モテる男」にとっては奇蹟です。

それはそれぞれの相手に対して、そのときどき、全身全霊で向かっていったからではないでしょうか。相手にとって、何が良いかを考えて、相手が喜ぶことをしてきたからでしょう。その瞬間を女たちは覚えていて、逢えなくなってもその記憶を大事にしていたということだと想像します。

高子のときは、命をかけました。他の女たちも、それぞれに真剣だったということではないでしょうか。

「伊勢物語」の中に、業平は「まめな男」と書かれています。「まめ」という言葉の意味は「誠実」「忠実」です。女に対して一所懸命なのが「まめな男」なのです。

人生の限られたエネルギーのどれほどを、女と恋に割くことができたかです。それは蝶が花の蜜を求めて飛び回るのとは違いますし、西鶴が書いた江戸の好色男とも違います。

自らの情を、自分以外の人へ割くことでしか、「まめ」は可能になりません。それが面倒で、安易に女を得る方法を探すのとはまるで違うベクトルの、心のエネルギーです。

男の恋は二つ方向へ向かうものだと業平は語ります。

「叶わぬ高みの御方への憧れ」と、「弱き御方を父か兄のようにお護りしたい恋」と。どちらも叶うのが難しいから、飽きることがなく、愛おしく哀しい心境も生まれます。

「飽かず哀し」というのは、光源氏の心境でもあります。業平にも当てはまるので、小説の中ではこのひと言を言わせせました。

客観的にはすべてを持つ人生だったけれど、飽きるほどの満足ではなく、まだ十分ではない、足りないものがある、ということです。

私は、業平の歌や生き方から、紫式部が「飽かず哀し」を学んだのではないかと思っていますし、逆にいま、光源氏の実感を、業平に呟いてもらいました。

業平は「飽くほど満たされていないことを哀し」と思いつつも、それが生きることの有り難さだと言っています。

幸せな死

業平は男女問わず、人に恵まれていました。角度を変えて見ると、業平がそれだけみんなに最善を尽くして生きたという証です。業平がやったことが自分に返ってきたのではないでしょうか。

高子のこと、恬子のこと、和琴の方ほか女性たちのこと、父阿保親王の謀反のこと、政での地位争いなど、神仏は業平の生涯に波風を立てて試しました。それらの試練を業平は、一所懸命に生き抜いたのです。

最後にご褒美として、伊勢の方を与えられたのだと思います。

つひに行く道とはかねて聞きしかど
　昨日今日とは思はざりしを

この歌を最後に、この世を去りました。安心して命尽きたと思います。伊勢の方も老人は嫌などと言っていましたが、この頃は温かい情にあふれていたと想像します。

小説では生前に、憲明が記録していた歌をすべて、伊勢の方に預けます。

「私が世から去ったのち、そなたの才にて、歌物語など綴るのもよいでしょう。物語は、恋に身を染めた男の、幸いに満ちた姿として終えて頂きたい」

と伊勢の方を信頼して託します。なんとも幸せな人生の閉じ方でした。

このようにして「伊勢物語」が生まれました。

「伊勢物語」という歌物語が、どのようにして成立したかは、誰も説明できません。さまざまな説がありますが、すべては謎であり、仮説になります。

私は、伊勢という若い女性に、業平の人生の歌を預けたことで、「伊勢物語」が誕生したと考えました。なぜなら業平は、権力に明け暮れる男たちより、女性たちの力を信じた人だったからです。

おわりに

『小説伊勢物語　業平』と、それを補足するために書いたこの新書を、もし在原業平が読んだら、どんな感想を持つだろうと想像します。好色家、平安のプレイボーイなどの浮ついたイメージをいくらかでも修正できたことを喜んで下さるのではと、我田引水の私ですが、墓前に二冊の本を供えてご報告しようにも、そのお墓はどこにあるのか。

千百年の時間は、あまりに長く遠い。遠いけれど平安の都は確かに在り、業平もそこに生きて恋をし、歌を詠み残したのは確かです。

古典と言えども、そこには生身の人間がいた。この事実を今、どうすれば実感できるのでしょうか。

答えは私たちの頭の中にあります。私たちは無意識のうちに、古典を古典の棚にうやうやしく飾り、自分たちの理解が及ぶ部分のみ、取り出して味わいます。

「伊勢物語」も在原業平も、いえ「源氏物語」さえ、大人の色事話だと思っておられる方は多い。成長期の青少年には良からぬ刺激を与え、何より理解が難しい、と先入観で避けてこられた大人も多いのではないでしょうか。

私は長く、「源氏物語」をつまらないものだと思い決めていました。スズメを逃がして泣きべそをかく、幼い若紫のあの場面。そのどこが面白いのか、さっぱりわかりませんでした。男女のことを避けたゆえ、面白さもまた消されてしまった。残念なことです。

ましてや平安のプレイボーイとして浮き名を流してきた在原業平ですから、青少年の教育とはどうにも馴染みが悪い。

ところが世の中には、英断も先見の明もあるのです。超難関の進学校である開成中学で、『小説伊勢物語　業平』が、テキストとして使われました。生徒たちを信じる教師の姿が見えてきます。特別授業に出向いて、直接生徒たちから感想を聞きましたが、「面白かった」「読みやすかった」との反応が返ってきました。

これまでも中学で「伊勢物語」を扱ってこられたようですが、今回はきっと、錯綜する「伊勢物語」の難解さではなく、小説のストーリーや起伏の面白さとして、業平に触れてもらえたのではないでしょうか。男女の関わりが十分に理解できなくとも、古典の雅《みやび》に触れ、音律ある文章を愉しむことで、古典は美しく楽しいものだ、と感じてもらえたと信じます。美しく楽しいものであれば、彼らの未来に広がる古典文芸の世界も、刺激的で匂やかなものになっていくでしょう。

小説の効用は、なにより生きている人間を直《じか》に感じられることです。千百年昔にも、男女は惹かれ会い、和歌や文で心を交わし、喜怒哀楽や情感を伝え合う同じ人間が生きていた、ということを知る以上の人間教育が、あるでしょうか。

これは私たち大人にとっても同じことだと思います。

二〇二〇年九月

高樹のぶ子

高樹のぶ子 たかぎ・のぶこ

作家。1946年山口県生まれ。80年「その細き道」で作家デビュー。84年「光抱く友よ」で芥川賞、94年『蔦燃』で島清恋愛文学賞、95年『水脈』で女流文学賞、99年『透光の樹』で谷崎潤一郎賞、2006年『HOKKAI』で芸術選奨文部科学大臣賞、2010年「トモスイ」で川端康成文学賞。芥川賞をはじめ多くの文学賞の選考にたずさわる。2017年、日本芸術院会員。2018年、文化功労者。著作は多数。近著に『明日香さんの霊異記』『小説伊勢物語 業平』『私が愛したトマト』など。

日経プレミアシリーズ｜445

伊勢物語《いせものがたり》 在原業平《ありわらのなりひら》 恋《こい》と誠《まこと》

二〇二〇年十月二三日 一刷
二〇二〇年十一月一九日 三刷

著者 高樹のぶ子
発行者 白石 賢
発行 日経BP
日本経済新聞出版本部
発売 日経BPマーケティング
〒一〇五―八三〇八
東京都港区虎ノ門四―三―一二

装幀 竹内雄二
組版 マーリンクレイン
印刷・製本 凸版印刷株式会社

ISBN 978-4-532-26445-1 Printed in Japan